* Zwischen Abi und Hipster, mitten in der Großstadt: vier Jungs beflügelt die Idee der wahren Liebe. Dann aber wirbelt ein gewaltiger Gefühlssturm, der ihre Freundschaft auf eine harte Probe stellt …

Bibliografische Information der Deutschen Nationalbibliothek:
Die Deutsche Nationalbibliothek verzeichnet diese Publikation in der Deutschen Nationalbibliografie; detaillierte bibliografische Daten sind im Internet unter http://dnb.d-nb.de abrufbar.

Umschlaggestaltung: **www.litRAUM.de**
Druck: *Print Group Sp. z o.o.*

ISBN: 978-3-86286-035-7
Originalausgabe

Weitere Informationen unter:
www.michasonundmay.de

GROSS
STADT
GEFÜHLE

Ein
Roman
von

Jannis
Plastargias

Heute … etwas aufgeregt

Ein recht mulmiges Gefühl durchströmt meinen Körper, manche Dinge sind noch immer ungewohnt für mich und machen mich nervös.

In einen Schwulenclub gehen zum Beispiel. Mein Ziel heute Abend: das SchwuZ.

Während ich die Straßenseite wechsele und weiter den Mehringdamm entlang laufe, frage ich mich, wieso Paul unbedingt alleine vorgehen wollte.

Ich komme an verschiedenen Restaurants, Bistros und Cafés vorbei, finde wie immer vor allem das Melitta Sundström putzig, denn es hat diesen Charme des abbruchreifen – oder traditionellen, um es freundlicher zu formulieren. Man hat das Gefühl, dieses Café hätte es schon immer gegeben, aus den goldenen 1920ern in dieses Jahrtausend gerettet, was natürlich nicht stimmt. Und der Name kann auch nicht so alt sein, denn er kommt von jenem Künstler, der als Soulsänger und Tunte aufgetreten und Anfang der 1990er an Aids gestorben ist.

Während ich mich nach Paul umblicke, fallen mir wieder die schöne Stuckdecke, die Marmortische und die nicht so meinem Geschmack entsprechenden schwarzen Lederbänke auf. Es ist voll und damit wohl noch zu früh, ins SchwuZ hinunterzugehen. Trotzdem ist Paul weit und breit nicht zu sehen.

Der dunkelhäutige Kellner mustert mich, er sieht sehr gut aus, ist wahrscheinlich nicht viel älter als ich, muskulös, seine Haare sind kurz geschoren. Er trägt ein schwarzes T-Shirt mit besonders weitem V-Ausschnitt, seine Brusthaare sind gestutzt.

»Suchst du jemanden?«, fragt er mich, seine rechte Augenbraue geht dabei leicht nach oben. Vielleicht soll das verführerisch aussehen – tut es auch.

»Ähm, ja …«, sage ich schüchtern. Und da lacht er schon.

»Ja, wohl den Mann fürs Leben, wie alle hier, nicht wahr?«, entgegnet er augenzwinkernd. Er spricht mit leicht schwäbischem Akzent, auch wie alle hier, möchte ich ihm fast zurufen.

Ich laufe die Treppe hinunter, spüre, dass etwas nicht stimmt. Als ich das erste Mal hier war, standen viele Leute an. Ich bin wirklich zu früh. Denn bei der Party *London Calling* sei es immer sehr voll, sagte mir Paul am Nachmittag, gerade aber sehe ich bloß ein paar Indie-Boys in ihren Hipster-Klamotten samt großen Nerd-Brillen und Jutebeuteln. Dazu diese spitzen Schuhe, die sicherlich total unbequem sind.

Es läuft etwas von Patrick Wolf – den liebe ich. Links herum ist die größte Tanzfläche. Doch Paul ist nirgends zu sehen.

Ich schaue noch bei den zwei kleineren Tanzflächen, die rechts von der Eingangstheke sind, vorbei. Jeden Winkel beachte ich. Aber nichts. Ich hole mein Mobiltelefon heraus, schaue drauf, doch keine Nachricht von ihm. Was ist los?

Als ich das erste Mal hier war, habe ich unheimlich viel getrunken und hing immer an Paul dran. Dabei weiß ich gar nicht mehr, wovor ich damals Angst hatte. Davor angemacht zu werden? Verführt zu werden? Vergewaltigt zu werden?

Ich beschließe, wieder nach oben zu gehen, um Paul anzurufen. Als ich auf der Treppe bin, sehe ich plötzlich wie er und ein junger Mann aus der Toilette kommen. Gemeinsam! Das kann doch nicht sein! Der Typ läuft hinter Paul, ganz eng – was macht er denn mit seiner Hand?

Paul beschleunigt seinen Schritt, sie laufen an dem Kellner vorbei, der ihnen leicht irritiert nachschaut, der Begleiter von Paul, den ich nur von hinten sehe, flüstert meinem Freund etwas zu – da stimmt doch etwas nicht!

Ohne nachzudenken folge ich ihnen, fassungslos, gar nicht in der Lage, eins und eins zusammenzuzählen, doch als der Typ kurz den Kopf zur Seite dreht, erkenne ich ihn. Es ist Carl aus meiner Theatergruppe. Ich hasse Carl! Scheiß Carl! Was hat er mit Paul zu tun? Was läuft da zwischen denen?

Das alles ist so unglaublich, meine Gedanken verheddern sich, und meine Beine auch – und wieso? Weil sich der Kellner mir in den Weg stellt. Ich stolpere. Er fängt mich auf.

Am liebsten möchte ich ihn wegschubsen, als ich mich wieder aufrichte und aus seinen Armen befreie.

»Hoppla«, sagt er lachend, »nicht so stürmisch.« Er kriegt sich nicht mehr ein.

Doch ich habe jetzt keine Zeit für Smalltalk, ich muss sofort raus, Paul finden, den Betrüger. So ein Mistkerl, so ein Arschloch, so ein hundsgemeiner Verräter!

In der Dunkelheit sehe ich eine kleine Menschentraube, die offensichtlich um jemanden herum steht. Ein Unfall. Verwirrt laufe ich auf diese Leute zu.

»Was ist los? Was steht ihr da?«, frage ich.

Ein Mann wendet seinen Kopf, schaut mich an, er ist klein und dick, er sagt in einem Ton, den ich nicht näher bestimmen kann: »Da hat es einen von euch erwischt!«

Automatisch frage ich mich, was er mit dem »euch« meint. Das ist alles zu viel für mich. Paul. Carl. Es hat einen von euch erwischt. Von uns? Ich antworte nicht, sondern schubse ihn aus dem Weg, um den am Boden Liegenden sehen zu können.

Ich hatte das schon einmal, als ich im Schulsport einen Querschläger an die Nase bekommen habe, es muss total weh getan haben, sie war zwar nicht gebrochen, aber blutete ganz stark. Doch ich spürte keinen Schmerz. Ich war zu geschockt. In diesem Moment wiederholt sich dieses Gefühl, denn es ist Paul, den ich am Boden liegen sehe, sehr viel Blut überall, doch ich bleibe ruhig und frage, ob jemand die Polizei gerufen hat, ob der Notarzt kommt, ob jemand etwas gesehen hat. Ich sage ganz laut: »Das ist Paul, mein Geliebter!«

In diesem Moment kommen die Sanitäter, stoßen mich zur Seite. Ich kann nichts mehr erkennen. Ich möchte mit, doch sie sagen, dass es nicht geht.

»Paul, Paul, hörst du mich? Ich bin es, Jonas, dein Geliebter!«, rufe ich, doch er kann es nicht hören.

Hinter mir murmelt jemand: »Oh je, der Arme, das ist sein Freund, oh Gott!«

Ja, oh Gott! Was ist nur passiert?

Vor neun Monaten … etwas verliebt

Es sind schon einige Wochen vergangen, seitdem ich wieder in der »neuen alten« Schule bin, auf dem Gymnasium, das ich besuchte, bevor ich auf diese integrierte Gesamtschule in der hessischen Provinz gehen musste.

Ich sitze wieder neben meinem alten besten Freund Fabian und vermisse meinen besten Freund in Kranichstein, Danny, so wie ich das ein paar Monate zuvor andersherum gemacht habe.

Fabi habe ich es wahrscheinlich zu verdanken, dass alles hier wieder so cool ist. Während ich weg war, hat er meinen Mitschülern immer wieder Geschichten von mir erzählt, sogar, dass ich mich in einen türkischen Jungen verliebt habe.

Die anderen sagen heute noch, dass sie wie bei einer Soap, wie bei *Gute Zeiten, schlechte Zeiten* oder *Verbotene Liebe*, auf die Fortsetzung seiner Geschichte über mich warteten. Deswegen wurde ich so etwas wie ein kleiner Star für sie, wie im Fernsehen.

Und als ich dann wieder in ihre Klasse zurückkehrte, war das Thema Coming-out von Jonas überhaupt keins für sie – sie wussten ja schon alles und fanden es einfach nur spannend. Vor allem die Mädchen, die jetzt alle mit mir befreundet sein wollen, besonders Lara, die einen Narren an mir gefressen hat, warum auch immer.

Ich möchte sie ja gerne mit Fabi verkuppeln, aber das erste Treffen mit ihm, Paul, ihr und mir ging erst einmal nach hinten los. Paul und sie waren wie Katz und Maus und anstatt, dass Fabian sie verteidigte, lachte er immer mit, wenn mein lieber Freund gegen sie stichelte.

Aber, was sich liebt, das neckt sich, denke ich mir, und es ist nur eine Frage der Zeit, bis Fabian seine erste Flamme Sabrina, die einfach nur top aussieht, aber echt nichts drauf hat, endgültig abschießt. Sie haben jetzt schon nur etwas »Offenes« – sie dürfen sich auch mit anderen treffen. Solche Dinge könnte ich mir bei Paul und mir wirklich nicht vorstellen.

Die Lehrer sind etwas zurückhaltender mir gegenüber, seitdem ich wieder zurück bin. Sie kennen die ganze Geschichte, wissen, dass ich jetzt bei meiner Oma, die ich Omama nenne, wohne, dass sie für mich zuständig ist, und nicht meine Eltern, die noch in Kranichstein leben. Nicht nur das sehen sie kritisch, sondern auch die Geschichte mit Afyon und meinem Schwulsein. Sie behandeln mich definitiv anders als die anderen. Aber das ist mir egal. Lehrer müssen nicht meine Freunde sein.

Vielleicht fehle ich auch zu oft am Freitag oder Montag, doch ich muss eben Paul sehen, meinen wunderschönen Freund, der leider viel zu weit weg wohnt, nämlich in München.

Wer ist eigentlich Paul? Das ist wirklich eine lange Geschichte:

Als ich nach Darmstadt Kranichstein zog, änderte sich viel in meinem Leben. Von Anfang an fanden mich die Mitschüler »schwuchtelig«, warum auch immer, denn ich hatte bis dahin keinen Gedanken daran verschwendet, ob ich möglicherweise anders sein könnte. Tatsächlich bemerkte ich dann aber bald, dass ich schwul bin, und verliebte mich kurz darauf auch schon. In Afyon, einen türkischen Fußballer.

Dessen Familie war nicht gerade erfreut, sein Vater verprügelte ihn, seine Freunde hielten nicht zu ihm. Als es zu schlimm wurde und er mit blauen Flecken übersät in den Laden meiner Mutter stolperte, wurde es ihr und ihrer besten Freundin zu viel. Sie beschlossen, ihn zu »entführen« und zu meiner Omama nach Berlin zu bringen. Ich weiß, das hört sich etwas absurd an, doch gab es keine andere Lösung in diesem Moment. Wir bereuen es auch nicht, denn wir haben Afyon wirklich geholfen, er führt heute ein sehr viel glücklicheres Leben. Aber nicht mit mir, denn wir sind so unterschiedlich wie Tag und Nacht. Die Streitigkeiten, die wir vor der Flucht nach Berlin hatten, lagen nicht nur daran, dass er es so schwer hatte, sondern auch daran, dass es bei uns mit der Kommunikation hakte. Afyon ist ziemlich verschlossen, redet nicht viel. Mit Paul dagegen kann ich stundenlang reden.

Damit der Verdacht nicht sofort auf mich fiel und ich erst einmal aus der Schusslinie geriet, sollte ich nach München fahren, während Afyon nach Berlin zu meiner Omama gebracht wurde. In dieser Zeit traf ich Paul das erste Mal. Ganz harmlos. Wir waren Kaffee trinken und haben geredet – es war das erste Mal für mich, dass ich mich mit jemandem unterhielt, der in meinem Alter und offen schwul ist. Ich konnte ihn nicht mehr vergessen …

Ich begann mit Paul zu smsen, mit ihm zu telefonieren, auf Facebook lange zu chatten. Dann sollte er mich nach einiger Zeit erstmals in Berlin besuchen.

Er wollte an diesem ersten gemeinsamen Wochenende bei seinem Kumpel Sven am Mehringdamm, in dessen Schwulen-WG, in der noch weitere drei Freunde wohnten, übernachten. So war es ausgemacht. Und so lernte ich auch gleich seine Leute kennen, was sehr aufregend für mich war, weil ich nach wie vor kaum Erfahrungen mit dem Schwulsein hatte, ich kannte auch kaum Schwule. Da waren Afyon und Aris, der mein Schulsozialarbeiter in Kranichstein gewesen war, sonst kannte ich nur Erol, den Cousin von Afyon, bei dem dieser inzwischen wohnte.

Pauls Freunde waren alle so erfahren und kannten sich alle so gut aus in der Schwulen-Szene, Paul eingeschlossen. Ich kam mir immer so doof und naiv vor bei den ersten Treffen.

An jenem Freitagabend drehten wir eine Runde durch Schöneberg, meinen Kiez. Als es schon sehr spät war, hatten wir keine Lust, uns voneinander zu trennen. So gingen wir zu uns und er schlief mit mir in einem Bett. Es passierte nichts, viel geschlafen haben wir dennoch nicht. Wir waren beide viel zu aufgeregt und wollten viel zu viel voneinander wissen.

Das war ganz anders als mit Afyon, mit dem ich bis heute kaum gemeinsame Themen finde, bei Paul und mir ist das eher so, dass wir irgendwo anfangen und uns stundenlang verheddern, bis wir am Ende alle losen Enden verbunden haben. Das ist sehr schön.

***

Sein linker Fuß lugt unter der Decke hervor, ich sehe seine Ferse, ein Stück von seiner Wade. Dieses Schauspiel betrachte ich immer, wenn ich mit ihm in einem Bett schlafe und wundere mich stets, wieso es jedes Mal exakt gleich aussieht. Ich liebe diesen freiheitssuchenden Fuß. So wie ich alles an Paul liebe.

Ich wache immer als erster auf und beobachte ihn eine Weile, wie er auf dem Rücken liegt, mit geschlossenen Augen, ganz ruhig atmend, mit seinen schönen vollen Lippen, die immer so aussehen, als würden sie im Schlaf lächeln. Er sieht glücklich aus – und ich bin glücklich. Definitiv. So glücklich wie ich es bin, wenn ich *Something Good Can Work* oder *Undercover Martyn* höre. Dann ist da so ein angenehmes Gefühl in mir drin, es prickelt etwas, es macht mich leicht.

Doch wenn ich Paul anschaue, ist es noch krasser, es wird ein bisschen warm in der Bauchgegend und es breitet sich ein wohliges Gefühl aus. Es ist schwer zu beschreiben, mir wird ein bisschen flau, aber nicht so, wie wenn mir schlecht ist – und dieses Gefühl bleibt auch nicht an diesem Ort. Es zieht weiter nach oben, und es fühlt sich so an, als hätte ich keine inneren Organe mehr, sondern als sei da alles leer und nur dieses Leichte drin, vielleicht so etwas wie Zuckerwatte, nur nicht so pappig.

Und in diesen Momenten fühle ich mich, als könnte ich schweben, denn nach einer Weile zieht dieses leichte Gefühl auch nach unten in die Beine und sogar bis zu den Füßen. Wenn ich stehe, dann bekomme ich manchmal

Angst zu fallen, weil ich so weiche Knie zu haben scheine, es ist etwas, das ich bei Afyon nie hatte. Nicht in diesem Maße zumindest. Ist Afyon so etwas wie ein Ex-Freund? Oder sollte ich den jungen Türken lieber einen Ex-Schwarm nennen? Klingt auch merkwürdig.

Wahrscheinlich kann man die Intensität von Gefühlen oder den Grad von Verliebtheit nicht messen. Ich kann es nur mit dem ersten Verliebtsein in meinem Leben vergleichen. Mit Afyon. Und da war alles so anders. Ich wusste nicht, wie er sich fühlte, als ich ihn nicht sehen konnte, weil er von seinem Vater zu Hause eingesperrt wurde, was ich später erst mitbekam. Aber auch die Tatsache, dass wir so unterschiedliche Interessen hatten. Er war wirklich ein typischer Kranichsteiner Junge: Er interessierte sich für Fußball, für Playstation, für Chillen im Freien, für Rap und RnB-Musik, was so gar nicht mein Fall ist, für Action-Filme, war also quasi das genaue Gegenteil von mir.

Er schaute mich immer wieder an und fragte mich: »Jonas, Jonas, in welcher Welt lebst du eigentlich?«

Zum Beispiel bei seinem ersten Besuch bei mir zu Hause. Meine Mutter. Die Bionade. Die Apfelchips. Und meine Unfähigkeit beim Playstation spielen …

Mit Paul Zeit zu verbringen macht dagegen einfach Spaß, egal, ob bei ihm hier in München oder bei mir in Berlin. Wir mögen die gleiche Musik, die gleichen Filme, wir lesen beide gerne, wir können miteinander reden, wir haben einen ähnlichen Kleidungsstil, Freunde, die ähnlich drauf sind … Es ist nur schade, dass wir so weit voneinander entfernt wohnen, sicher, aber die gemeinsame Zeit ist dafür umso wertvoller und wir genießen sie immer, als gäbe es kein Morgen. Die Zeit wird auch nicht mit Fußball oder Playstation spielen vergeudet.

Ich schaue mir das Zimmer an, das natürlich immer etwas unordentlicher ist, wenn ich zu Besuch bin, ich lebe ja quasi aus dem Koffer und lasse alles herumliegen.

Es ist schön geworden hier: Bei meinem letzten Besuch vor zwei Wochen sind »wir« umgezogen. Paul hatte noch zu Hause gewohnt. Im Stadtteil Lehel, in der Nähe des Englischen Gartens. In einer wundervollen Villa mit Blick auf den Eisbach, direkt an der Eisbachbrücke. Pauls Eltern haben Geld. Sie lassen sich aber auch gerade scheiden. Oder auch nicht. Er hielt es jedenfalls nicht mehr zu Hause aus, die Spannung zwischen seinen Eltern war zum Greifen, immerzu. Und wenn es besonders schlecht lief, flogen sogar Vasen und Geschirr. Egal, ob Paul Besuch hatte oder nicht.

Wahrscheinlich ist das immer noch so. Weder der hysterische Vater noch die fiese Mutter wollen ausziehen. Um Paul stritten sie sich auch. Sein jetziger Mitbewohner Levent war einmal dabei und erzählte mir, was da abging. Sie brüllten sich an, aber schlimmer als jeder Bauarbeiter sich ausdrücken könnte. Levent stand nur völlig betroffen neben Paul, der mitten im Streit noch lauter als sie brüllte:

»Levent hat mich gefragt, ob ich mit ihm in eine WG ziehe. Und ich habe ja gesagt.«

»Beiden fiel wohl die Kinnlade hinunter, doch anstatt zu antworten, ihm die Erlaubnis zu geben – oder sie ihm zu verweigern, stritten sie einfach weiter«, erzählte Levent später erstaunt.

»Daran bist du Schuld, du Schwachkopf«, kreischte die Mutter aufgebracht, »es liegt an dir, dass er ein Schwuler ist, und es liegt an dir, dass er jetzt auszieht. Er erträgt dich Memme nicht länger.«

In diesem Moment schleuderte der arme gehasste Mann, der sicher nicht als »Memme« betitelt werden wollte, den erstbesten Gegenstand, den er fand, nämlich eine schwarze Keramikvase von Alessi, die Paul sehr hässlich fand, die aber ganz schön wehtun konnte, nach seiner Frau.

Zwar verfehlte er sein Ziel, doch die Mutter schrie auf jeden Fall wie am Spieß. Wann die ewigen Streitereien begonnen haben, wissen beide Parteien nicht mehr, Paul spricht auch nicht gerne darüber.

***

Ich mag bei Serien am liebsten den Vorspann, das Intro, bei *How I met your mother* zum Beispiel, okay, ich gehöre zur Generation Facebook, vielleicht liegt es daran, aber ich mag das. Das schaut man sich an und denkt: Wow, was für ein aufregendes Leben, das möchte ich auch haben!

Ich denke das ganz oft, gerade auch, wenn ich mich auf Facebook herumtreibe. Alle stellen ihr Leben darin aus, mit aufgehübschten Bildern, auf denen sie total viel Spaß zu haben scheinen. Das sieht immer alles so aufregend aus.

Die Oberfläche ist bedeutend, der äußere Schein: welche Klamotten man trägt, welchen Lifestyle man hat, welche Freunde, an welchen Orten man Urlaub macht, mit wem und wann, welche Bücher und Filme man mag, welche Kneipen und Cafés man bevorzugt. Ich kenne niemanden, der das nicht als wichtig erachtet. Wir wachsen alle mit dem Gefühl auf, dass es auf Schönheit, Glamour und Coolness ankommt, da sind Paul und ich keine Ausnahmen. Wollen wir nicht alle so leben, wie die Menschen in der Werbung? Die coole Mädchen-WG der bebe-Werbung, in denen eine hübscher als die andere ist und sogar die alltäglichsten Dinge – wie zum Beispiel Haare an den Beinen entfernen – wie ein Partyritual aussehen? Oder wenn alles so frei, so locker und luftig, so easy ist wie bei der *Du darfst*-Werbung, wo sie fragen: »Wer ist eigentlich Paul?«

Ich möchte, dass mein ganzes Leben Spaß ist, manchmal zumindest. Es gibt auch Zeiten, in denen ich ein Buch lesen möchte – und es auch tue.

Ein Zwischending ist das Theaterspielen, weil es einerseits aufregend ist, mich andererseits aber zu mir selbst bringt, weg von der Außenwelt. Es war gut, dass ich in Kranichstein mit dem Theaterspielen angefangen habe. Schade, dass ich nicht mehr weiter bei *Romeo und Julia in Kranichstein* mitspielen konnte.

Jetzt, in Berlin, mache ich in einem anderen Stück von Shakespeare mit, in *Othello*. Meine neue Theatergruppe ist in der Schaubühne. Dieses Theater hat nicht nur einen guten Ruf, sondern ein wirklich interessantes Programm, hat mir Paul erklärt, sein Kumpel Sven ist ja vom Theater.

Auch die Jugendtheatergruppe lobt jeder, deswegen bin ich hier. Und von mir aus ist es ganz praktisch, dorthin zu kommen:

Ich muss nur den Metrobus M19 Richtung Grunewald nehmen, nicht einmal umsteigen und nach einer Viertelstunde bin ich da. Das ist für Berliner Verhältnisse schon fast eine Kurzstrecke. Na ja, außer für diejenigen, die sich nur in ihrem Kiez bewegen, aber so bin ich nicht.

Die anderen Jungen und Mädchen kommen auch aus verschiedenen Kiezen und scheinen alle der Kursleiterin Birte empfohlen worden zu sein. Den Eindruck machte es auf jeden Fall beim ersten Treffen, ich war das einzige »unbeschriebene Blatt«. Und konnte auch nur mein *Romeo und Julia in Kranichstein*, bei dem ich ja nicht wirklich lange dabei war, vorweisen.

Ich wollte unbedingt Othello spielen, so wie mein Vorbild Orson Welles, aber ich war der Einzige, der dies wollte, ich weiß nicht, warum das sonst keiner anstrebte, ist ja schließlich die Hauptrolle.

Wir sind wieder nur sehr wenige Jungen, vier, um genau zu sein, daher kriegen auch die Mädchen, die eindeutig in der Überzahl sind, einige Männerrollen ab.

Carlotta bereitete sich auf die weibliche Hauptrolle vor, Desdemona, und freute sich bereits auf die Sterbeszene, wie sie uns allen gefühlte tausendmal erzählte.

Carl, einer der anderen Jungen, darf Jago spielen. Er hatte den anderen Bewerber, Enver, an die Wand gespielt. Wir saßen da und dachten: Boah, wie böse kann Carl sein!

Dabei sieht er wirklich nicht so aus, wie man sich einen Bösewicht vorstellt. Er sieht nicht wie Draco Malfoy aus

Harry Potter aus, um mal ein Beispiel zu nennen. Wobei der ein schlechtes Beispiel ist, die Freunde von Paul finden den alle ja total erotisch, was sich mir nicht so erschließt.

Carl sieht auch nicht wie diese High School Boys in den amerikanischen Filmen aus, die die Streber piesacken … Ich meine, er sieht nicht spießig aus, aber er ist eher so ein Hipster-Typ mit einer schwarzen Nerd-Brille, bunten Chinos, meist in rot, grün oder blau. Er trägt oft gestreifte Oberteile oder diese weiten Unterhemden und dann diese Cardigans in passenden Farben drüber. Er ist sehr groß und durchtrainiert – wenn er weite Ausschnitte trägt, sieht man wie gut seine Brustmuskeln schon definiert sind. Er ist neunzehn, macht gerade sein Abi und hat so eine Rockabilly Frisur, wie sie im Moment viele Hipster tragen. Aber er ist nicht extrem, ich meine, er sieht gut aus. Er kleidet und bewegt sich zwar so, aber er redet nicht wie diese anderen pseudocoolen Hipster-Typen.

Er hat mich gleich beim ersten Workshop-Wochenende gefragt, ob er sich beim Essen immer neben mich setzen dürfe. Und auch sonst weicht er mir selten von der Seite, die anderen machen gerne Witze darüber, aber er hat eine Freundin, die ihm, wenn sie ihn abholt, sofort ihre Zunge in den Hals steckt, als würde sie etwas aus seinem Körper herausholen wollen, ein Schmuckstück oder so. Und er hat auch Berührungsängste, wenn es zu körperlich wird, er sitzt zwar gerne neben mir und legt auch mal den Arm um mich, aber letztens sollten wir eine Übung bei den Proben machen, in denen wir raufen sollten – und da schubste er mich plötzlich weg, als ich auf ihm lag.

Das erinnerte mich total an Afyon, der das bei unserem ersten körperlichen Aufeinandertreffen auch immer machte, unsicher seiner eigenen Sexualität. Nur dass mich Carl anders anschaute, irgendwie abschätziger. Das war sehr merkwürdig.

Auch wenn ich etwas über Paul erzähle, dreht er sich einfach weg oder sagt mir ins Gesicht, dass er mit Schwulen nichts anfangen könne, nichts gegen mich, er möge mich sehr, aber wolle keine Details.

Irgendwie passt das nicht zu seiner sonstigen Art, die normalerweise so höflich und zuvorkommend ist. Aber es ist vielleicht besser so, sonst …

Ich meine, ich bin glücklich mit Paul, aber Carl sieht verdammt gut aus, irgendwie fasziniert er mich. Das kann ich mir nicht erklären, aber es ist so.

»Uns verbindet nur Freundschaft, Jonas!«, musste ich mir in der ersten Workshop-Nacht selbst sagen. »Es ist Freundschaft! Und du hast einen wundervollen Freund, der Paul heißt und dich liebt. Der alles für dich tun würde, der eine Fernbeziehung in Kauf nimmt und immer für dich da ist.«

Beim ersten Workshop-Wochenende diskutierten wir von morgens bis abends, sogar bis in die Nacht hinein, haben gestritten, geschrieben, wieder gestritten und wieder geschrieben – bis wir unsere Version des Stückes hatten. Wir werden viele Dialoge anders gestalten, als sie sich Shakespeare erdacht hatte.

***

Paul war also von Levent und Jules, der gar nicht Jules heißt, aber so von uns beiden genannt wird, weil jeder Franzose so heißen sollte, gefragt worden, ob sie zusammen ziehen möchten – für die beiden alleine wäre die Wohnung zu teuer gewesen. Sie ist es wahrscheinlich auch mit Beteiligung von Paul, denn sie sind Studenten und die Mietpreise stark überteuert in München, vor allem in der Nähe des Goethe-Platzes, wo die drei nun wohnen. Ihre Wohnung befindet sich in der Kapuzinerstraße in einem alten, charmanten Hinterhaus. Man könnte zwar sagen, dass das Haus schon bessere Zeiten gesehen hat, aber ich mag es, wirklich.

Die Zimmer sind alle etwa gleich groß, nur unterschiedlich geschnitten, was allerdings nicht der Grund dafür ist, dass der Raum meines Freundes mit Abstand der schönste in der Wohnung ist. Es liegt eher daran, dass Jules – der gar nicht Jules heißt – dezent ausgedrückt, nicht gerade einen Sinn für Ästhetik hat, weder bei der Wohnungseinrichtung noch bei seiner Kleidung. Dafür ist er so ziemlich der herzlichste Mensch, den ich jemals kennengelernt habe. Als ich ihn das erste Mal sah, umarmte er mich, sagte mit seinem wunderbaren Akzent: »Ich freue mich sehr, dich kennenzulernen.«

Und ich dachte in dem Moment: Nur so ein Akzent könnte Paul noch attraktiver für mich machen, als er es ohnehin schon ist.

Der Franzose ist ein wahrer Nerd, er sieht nicht so aus, wie man sich einen schwulen Zwanzigjährigen vorstellt, er ist klein und hat eine Plauze – vielleicht wirkt er deswegen wie ein Waschbär, so süß und kuschelig. Er trägt ein ganz schlimmes Kassengestell, die Farben seiner Klamotten beißen sich immer, doch das ist ihm egal.

Levent ist ebenfalls total nett, aber oberflächlich betrachtet das Gegenstück zu Jules. Er trainiert im Fitnessstudio und ist der durchtrainierteste Typ, den ich persönlich kenne, was ich nicht zufällig weiß: Er läuft trotz der nicht allzu warmen Temperatur meist nur in Shorts bekleidet durch die Wohnung. In knappen Shorts, die mehr präsentieren, als sie verbergen. Wenn Levent auch nur ansatzweise Pauls Typ wäre, ich könnte es vor Eifersucht nicht mehr aushalten!

Bei Levent sieht man wirklich alle Muskeln, also im Ernst, ich wusste noch nicht einmal, dass es manche Muskeln gibt, die man bei ihm sieht. Es ist fast unheimlich. Paul vermutet ebenfalls, dass es nicht mit rechten Dingen zugehen kann. Also, nicht, dass er nicht genug dafür trainieren würde. Mein Freund sagt, dass er eher ein Uni-Seminar sausen lässt als eine Trainingseinheit, sogar Dates hat er schon abgesagt, um trainieren zu gehen. Im Grunde genommen zwingt er sich einen Tag die Woche zur Trainingspause, weil ihm das sein Personal Trainer geraten hat.

Paul hat mir einmal erzählt, dass Levent aus dem Osten kommt, aus einer kleinen Stadt in der Nähe von Leipzig. Delitzsch heißt sie und es gibt dort ein wunderschönes Barockschloss. Paul war mal mit ihm dort und fand es sehr schön da!

Levent war einer der wenigen Ausländer, erklärte mir Paul ernst. Er wurde »doppelt diskriminiert«, wie man das heute ausdrückt. Zuerst haben sie ihn gedisst, weil er Ausländer ist, dann, als er mit sechzehn, siebzehn bemerkt hat, dass er schwul ist, das erste Mal verliebt war, wurden er und sein Freund von einer Gang verprügelt. Er musste ins Krankenhaus …

Paul schaute mich traurig an und ich erzählte, dass mir das bekannt vorkomme, von Afyon …

Levent habe sich damals geschworen, Kampfsport zu erlernen und sich Muskeln anzutrainieren, damit die Leute sich nicht mehr trauen, ihn anzugreifen. Pauls Miene hellte sich bei den letzten Worten auf.

Wenn Levent heute mal angezogen ist, und nicht gerade in Sportklamotten zum Training hastet, dann trägt er körperbetonte Kleidung, Oberteile meist von American Apparel, diese tiefen V-Necks, weil man dann seine wundervoll definierten Brustmuskeln besser betrachten kann, und enge Röhrenjeans, die ziemlich unverhohlen zeigen, was er untenrum zu bieten hat.

So unterschiedlich die beiden auch sind, ich mag Pauls Mitbewohner sehr. Und irgendwann möchte ich auch einmal in so einer WG wohnen.

***

Ich liege in diesem wunderschönen Bett, ein Doppelbett natürlich, ohne Hinter- oder Vorderteil, fast wie ein Futon. Es ist total schick und passt selbstverständlich zum

Schrank und zur Kommode. Alles in diesem Zimmer ist fein aufeinander abgestimmt. Es gibt Dekoration, die Wände ziert ein Mintgrün, von dem ich nicht gedacht hatte, dass es zu Walnussholz passt, selbst die Bücher sehen so aus, als wären sie extra für dieses Zimmer ausgesucht worden.

Und wenn ich nicht gerade zu Besuch bin, ist das total aufgeräumt. Behauptet Paul zumindest immer – und ich glaube ihm.

Als ich aus meinen Gedanken zu Paul im Bett zurückkehre, hat dieser seine Augen bereits geöffnet, er lächelt.

»Schatz, bringst du mir einen Kaffee ans Bett?«, fragt er süffisant lächelnd.

»Schatz? Ich höre wohl nicht recht! Pass bloß auf, dass ich dir den Kaffee nicht in dein wunderschönes Gesicht schütte, samt einer Torte hinterher!«, entgegne ich kampflustig.

Das fordert ihn heraus, bevor ich reagieren kann, liegt er plötzlich auf mir, mit seinem ganzen Gewicht, meine Arme drückt er nach unten, sein Gesicht kommt meinem ganz nahe.

»Du willst also nicht Schatz genannt werden?«, fragt er grinsend.

»Nein, von dir ganz sicher nicht«, antworte ich frech, »und schon gar nicht in den nächsten zwei Jahrzehnten …«

»Ha, als würden wir so lange zusammen bleiben!«, lacht er. Er kommt mit seinem Mund ganz nahe an meinen, möchte mich küssen. Ich verweigere mich.

»Igitt, schlimmer Mundgeruch! Alarm! Seuchengefahr!«, schreie ich theatralisch.

Und er drückt seine Lippen gewaltsam auf die meinen. Doch jetzt lasse ich es zu. Als würde mich der schlechte Geschmack morgens stören! Küssen möchte ich ihn immer, am liebsten stundenlang. Küssen ist schöner als alles andere.

Am Anfang, als das zwischen uns noch so ungewohnt war, hatte ich am nächsten Tag etwas wie Muskelkater, so sehr hatten wir das mit dem Küssen übertrieben. Es fühlte sich so gut an, tut es immer noch, macht mich so heiß, lässt mich fliegen …

»Du magst also das Kosewort Schatz nicht«, sagt Paul in einem Lehrer-Ton, als wir beide mit einem Kaffee in der Hand im Bett sitzen, beide nur mit unseren Schlafsachen bekleidet, ich mit weißen Pants und einem T-Shirt, er mit einem sexy weißen Slip und geripptem Unterhemd.

Die Zähne sind geputzt und ich kann kaum an mich halten, nicht auf der Stelle über ihn herzufallen. Doch er möchte wohl lieber reden.

»Schatz können wir uns nennen, wenn wir in den Vierzigern sind oder so. Nicht jetzt«, antworte ich.

»Und Darling?«, fragt er belustigt.

»Das ist ja mal der beknackteste Kosenamen überhaupt«, entgegne ich angewidert.

»Schnäuzchen? Bärchen? Süßes Mäuschen?«, lacht er aufreizend.

»Wie wäre es mit Pennerchen, Ekelchen, Frettchen?«, antworte ich schlagfertig.

»Hm. Überlegenswert«, kichert er. »Und wie klingen Hase, Schnuckel, Liebling?«

»Und wie Spatz, Bär oder Süßer?«, frage ich ihn augenzwinkernd.

»Also? Sind Kosenamen nichts für uns?«, möchte er wissen.

»Nein, definitiv nicht! Außerdem finde ich den Namen Paul sehr sehr schön«, sage ich, schaue ihn dabei verliebt an und berühre seine Wange.

»Ich finde Jonas auch ganz schön«, beginnt er, und ich spüre, dass da noch etwas kommt: »Obwohl ich so etwas wie Hasenköttelchen ganz lustig finde.« Er schüttelt sich vor Lachen.

»Und ich so etwas wie Engel und Traumprinz«, stimme ich mit ein.

»Aber im Ernst, mir fällt etwas ein, das ich schön finde.«

»Was denn?«, möchte ich wissen.

»Mein Geliebter!«, sagt er ganz stolz auf sich.

»Ja, das wäre okay, das hat was, irgendwie. Ja, mein Geliebter!« Ich lasse die beiden Worte auf meiner Zunge zergehen, drehe sie in meinem Kopf hin und her, leicht kitschig ist es schon, aber irgendwie hat es etwas Schönes an sich. Mein Geliebter. Wieso nicht...?

»Mein Geliebter!«, sagt Paul wieder und kommt mir näher. Wir stellen die Kaffeetassen auf den Boden und küssen uns ganz lange. Endlich. Und dann kuscheln wir uns wieder unter die Decke. Vielleicht sollten wir den ganzen Tag im Bett bleiben.

Mein Geliebter, denke ich. Kitschig. Aber irgendwie findet man kitschige Sachen wohl gut, wenn man verliebt ist.

Ich genieße es mit ihm im Bett zu liegen, zu schmusen, Sonntagmorgens einfach nichts zu tun, durch das Fernsehprogramm zu zappen, im Bett zu frühstücken, dabei überall Krümel zu verteilen und sich darüber hinterher zu ärgern.

»Dein Lieblingsfilm?«, fragte ich ihn in unserer ersten Nacht in Berlin ganz aufgeregt, ich hatte ein bisschen die unbegründete Furcht, dass er einen James Bond-Film wählt oder *The Fast and the Furious*, wie das Afyon getan hätte.

»*The Eternal Sunshine of a Spotless Mind*«, kam die Antwort blitzschnell.

Fast war ich geschockt, denn *Vergiss mein nicht*, wie dieser Film mit Kate Winslet in Deutschland heißt, ist auch mein Lieblingsfilm und ich kannte bis dahin niemanden, der ihn ebenso toll findet wie ich.

»Wieso?«, wollte ich von ihm wissen und er antwortete genauso, wie ich es gemacht hätte, denn er sagte, dass es der schönste Liebesfilm der Welt sei, deswegen.

»Ich habe geweint«, sagte ich.

»Du Memme«, erwiderte Paul – und ich, der ihn noch nicht kannte, der nicht flirten konnte, nicht wusste, wie er reagieren sollte, fühlte einen Stich im Herzen.

Fand er mich zu schwul, oder um es böse auszudrücken: zu tuntig? Das fände ich sehr schlimm, dachte ich mir. Ich schaute ihn an und er machte plötzlich ein irritiertes Gesicht und fragte, was los sei.

»Was du gerade gesagt hast«, flüsterte ich, und er brach in ein lautes Gelächter aus.

Ich wusste jetzt erst recht nicht, was ich tun oder sagen sollte. Er kam mir ganz nahe und da passierte es: unser erster Kuss.

In so einer schrecklichen Situation, dachte ich im ersten Moment, aber dann war plötzlich alles weg, nur noch ein gutes Gefühl, nur noch ein Prickeln an der Zunge, an meinen Lippen, oh, wie wundervoll dieses Prickeln doch war, das sollte niemals wieder aufhören, fühlte ich, denn denken konnte ich gar nichts mehr …

Als wir uns wieder voneinander lösten, sprach er theatralisch aus: »Ach, Jonas, Jonas, in welcher Welt lebst du denn eigentlich?«

Und ich bekam einen Schock, wirklich. Ich war völlig perplex, wahrscheinlich schaute ich wie ein Auto oder ein Lama, das in einen Spiegel sieht, und wahrscheinlich war ich auch kurze Zeit ganz weg, denn als ich wieder zu mir kam, schüttelte mich Paul und fragte, was gerade passiert sei.

Doch ich konnte nichts sagen. Überhaupt nichts, ich war einfach nur fassungslos. Woher kam dieser Spruch? Afyon hatte das zu mir gesagt, als er das erste Mal bei mir zu Hause war, und zwar mehrmals. Paul konnte das unmöglich wissen …

»Jonas, ich habe bei dem Film ganz viel geweint, bestimmt eine halbe Stunde lang«, sagte Paul nun ganz schnell.

Ich erklärte ihm meinen Schock, und das erheiterte ihn erneut.

»Der Typ hatte recht. Du lebst wirklich in deiner eigenen, leicht verschrobenen Welt, Jonas. Aber ich mag das, es ist unheimlich süß!« Er blickte mich auf diese Weise an, die ich noch heute unwiderstehlich finde, seine Augen noch größer als sonst und seine Wimpern vibrieren leicht.

Möchte ich, dass mich ein Mann süß findet, fragte ich mich? Scharf zu sein wäre doch viel toller.

»So, süß bin ich also«, forderte ich ihn heraus.

»Jonas, du bist süß, du bist sexy, attraktiv, witzig, besonders, klug, belesen, hast einen guten Film- und Musikgeschmack, du trägst coole Klamotten, du bist der tollste Typ, den ich in letzter Zeit getroffen habe«, sagte er nun und es klang fast schleimig.

»Als würde ich dir diese Komplimente alle abnehmen«, provozierte ich ihn, war aber so glücklich, dass ich in den Himmel hätte entschweben können. Ich drehte mich im Bett um, wandte mich ab von ihm.

Er verstand; er legte sich hinter mich, unser erstes Mal Löffelchenstellung. Es tat so gut. Paul berührte mich an den Beinen, am Hintern, an der Seite, an meinem Bauch, an meiner Brust, am Hals, im Gesicht, überall, außer an dieser einen Stelle, dabei war mein Schwanz wirklich zum Bersten gespannt, aber er machte einen großen Bogen darum.

Warum, fragte ich mich, wollte er es nicht auch? Wie hielt er es gerade aus? Fand er mich nicht scharf?

»Du bist der schönste Junge der Welt«, säuselte er mir ins Ohr und küsste mich nun in den Nacken. Immer wieder. Ich schloss meine Augen – und schlief ein …

***

»Lass die Sonne in dein Herz«, singt Paul, er hat eine schöne Stimme.

»Roland Kaiser?«, frage ich erstaunt.

»Was, Roland Kaiser? Du möchtest mir jetzt nicht sagen, dass du kein ESC-Fan bist, oder? Buh, kann ich da nur sagen, buh!« Er lacht. Er lacht immer. Über mich. So ein Angeber.

»E-S-C?« Er redet in Rätseln für mich.

»Eurovision Song Contest, mein Lieber. Buh noch einmal, hiermit erkenne ich dir dein Schwulsein ab!«, veralbert er mich.

»Bäh, du meinst den Grand Prix. Sag es doch gleich. Ist das ein Lied vom Grand Prix?«, möchte ich wissen, obwohl es mich nicht wirklich interessiert.

»Zweiter Platz beim ESC 1987«, sagt er nickend. Pah! Da spricht wieder der Experte, der im LesBiSchwulen Jugendzentrum in München Grand-Prix-Abende veranstaltet. Dort hat er auch Jules und Levent kennengelernt.

»Lass die Sonne in dein Herz«, singt Paul wieder und möchte mich damit auffordern, mit ihm raus aus dem Bett zu kriechen, um etwas von der scheinenden Sonne abzubekommen. An die Isar möchte er.

Warum nicht, denke ich. Es ist ein schöner Tag und ich gehe gerne händchenhaltend mit Paul spazieren – mit Afyon hätte ich es nicht gekonnt. Es dufte ja keiner wissen …

Anfangs brauchte ich vielleicht auch deswegen eine Eingewöhnungszeit. Überall sah ich potenzielle Schwulenhasser, die uns dafür verprügeln könnten und traute mich nicht, Pauls Hand zu nehmen. Ich hatte dann immer einen Vorwand: schweißige Hände, mich schnäuzen müssen oder irgend so etwas.

Mein wunderschöner und kluger Freund hat sehr viel Überzeugungskraft benötigt, um mich rumzukriegen. Er sagt immer, dass er darauf achtet, wo man es machen kann und wo nicht. In Neukölln würde er es auch nicht unbedingt machen wollen und in der Bahnhofsgegend in München auch nicht.

Mir fällt gerade ein, dass meine Mutter immer ein anderes »Sonnen«-Lied vor sich hinträllerte: »Die Sonne, die Sonne und du, uh uh uh uh, gehör'n dazu …«

Ich singe es für Paul, selbstverständlich nicht so schön wie er. Er hat 15 Punkte im Musik-Leistungskurs. Ich höre Musik lieber als selbst zu musizieren. Und wenn es nicht gerade um den Grand Prix geht, kenne ich mich auch aus.

Wir beschließen, erst nach dem Spaziergang zu duschen und uns dann wieder ins Bett zu mümmeln und zu kuscheln, wohlriechend und zart.

Ich schnappe mir das Erstbeste aus meinem Koffer, eine hellblaue Chinos, leicht hochgekrempelt, einen gelben Pulli mit V-Ausschnitt, einen hellgrauen Cardigan drüber, hellgraue Strümpfe, weiße Sneakers.

Dann höre ich hinter mir ein »Oh Mann« von Paul, den ich nicht beachtet hatte. Ich schaue ihn an und diesmal bin ich derjenige, der vor Lachen fast zusammenbricht: Er hat die gleichen Chinos an, in einem dunkleren Blau, weiße Sneakers, einen hellgrauen Cardigan und einen weißen Pulli.

Er zieht sich um, denn er kann es nicht leiden, wenn wir so aussehen, als hätten wir unser Outfit abgesprochen. Das finde ich süß.

Als wir aus dem Zimmer heraustreten, begegnen wir Jules: »Ah bon, da sind sie ja, die süßen Türteltäubschen, wundervoll, geht ihr spazieren?«

»Isar«, rufen wir unisono und machen Handzeichen, die besagen wollen: »Wir sind auf dem Sprung!«

Wir laufen Hand in Hand und ich schaue mich neugierig um. Rechts auf der anderen Seite entdecke ich den Laden Croissant Show, witziger Name, denke ich.

Ein paar Meter weiter gehen wir über die Straße, da ist eine große Kneipe in einem wunderschönen alten Haus, auf der dick und fett Paulaner steht, PAULaner.

»Ist deine Stammkneipe, was?«, necke ich ihn.

»Klar. Wir machen da unseren Schwulen-Stammtisch. Anstatt eines Wimpels haben wir unsere riesengroße Regenbogen-Fahne dabei und alle kreischen durch die Gegend«, lacht er, und ich lache mit.

Wir laufen weiter Richtung Isar, kommen an der Brücke an. Ich liebe Brücken und Denkmäler – da ist eines von Otto von Wittelsbach, sehr groß, auf einem Pferd reitend, echt schön, ich mag es hier.

Arm in Arm stehen wir neben dem Denkmal und schauen auf die Isar. Da sind so viele Leute, die spazieren gehen, mit ihren Hunden, Familien, Paare, wie im Urlaub fühle ich mich. Mit Paul. Wie schön! So sollte es sein, wenn man verliebt ist. Nicht wie beim ersten Mal mit Afyon …

Am Denkmal sehen wir eine Treppe, die hinunter zur Isar führt, jedoch ist die Tür verschlossen, man darf da nicht durch, schade.

Als wir weiterlaufen, sehen wir kleine Schlösser am Geländer, Namen und Daten sind eingraviert, Liebesschlösser also, die verliebte Paare als Symbol ihrer Liebe hingehängt haben. Davon hatte ich in einer Zeitung gelesen, in Köln gibt es ganz viele davon, in einem Blog habe ich auch Bilder aus Frankfurt gesehen, selbst in Hongkong und New York gibt es die.

»Liebesschlösser«, säusele ich vor mich hin.

»So ein Quatsch«, motzt Paul.

So viel Kitsch darf also dann doch nicht sein, denke ich und meine dann: »Ich find die gut. Wollen wir uns nicht auch so etwas zulegen?«

»Nur über meine Leiche«, erwidert er.

»Und wenn ich mich um alles kümmere? Und es das nächste Mal mitbringe?«

Er schaut mich an. Seine Augenbrauen leicht nach oben gezogen, zweifelnd: »Du meinst das ernst, oder?«

»Wieso denn nicht?«, frage ich schüchtern.

Er drückt meine Hand ganz fest, stellt sich dann genau vor mich, küsst mich zärtlich auf den Mund.

»Du hast immer so uncoole Ideen, die total liebenswert sind. Und stehst dazu. Du bist noch nicht so ein cooler Hund wie ich geworden.« Er lacht wieder.

»Machst du dich über mich lustig?«, möchte ich wissen.

»Ach, was. Du hast ja recht. Es hat was. Aber nur weil ich in der Nähe wohne. Und nur weil ich niemanden kenne, der hier ein Liebesschloss hängen hat. Es ist die Idee: Lass uns so etwas Spießiges cool werden lassen.«

Er lächelt breit, nimmt mich in die Arme und drückt mich ganz fest, dabei flüstert er mir ins Ohr: »Ich hab dich lieb.«

Ich bin ganz überfordert damit, das ist das erste Mal, dass er das sagt, ich habe Tränen in den Augen.

»Sag mal, weinst du, oder ist das der Regen, der von deiner Nasenspitze tropft?« Er singt schöner als Kim Frank, Paul könnte in einer Band singen. Doch das ist gerade ganz egal.

Er küsst mir die Tränen weg und zieht mich dann mit sich, weiter zur Isar. Wir spazieren, so wie alle anderen spazieren – doch ich schwebe, schwebe wie auf vielen Tausenden Wattebäuschchen, und grinse, grinse vor mich hin. Und muss immer wieder meinen Geliebten anschauen, er lächelt auch, seine Blicke sollen nie anders werden:

Jetzt sind sie wunderschön, jetzt sind sie liebevoll. Sie sagen mir: Ich will dich, nur dich! Sie sagen mir: Du bist das Beste, was mir passieren konnte. Sie sagen mir: Schön, dass du bei mir bist.

Und ich sage: Ja! Ja! Ja!

Vor sieben Monaten ... etwas verweihnachtet

»Ja!«, sagte und dachte ich auch in unserer zweiten gemeinsamen Nacht. Wir hörten leise Musik, um meine Omama nicht zu wecken. Wir hatten meinen Mac neben das Bett gestellt und hörten eine Play List, die ich *New Hippie Songs* genannt hatte, mit Bon Iver, den Fleet Foxes, Yeasayer und so weiter.

Wir lagen nebeneinander, unsere Beine und Arme berührten sich leicht, Paul hatte die Augen geschlossen, das Zimmer war nur schwach von einer Stehlampe erleuchtet.

In meinem Zimmer gibt es nur weiches Licht, ich stehe auf alte Steh- und Deckenlampen aus den Sechzigern, die ich mir auf Flohmärkten zulege.

Ich schaute ihn an, lange, ich wollte ihn berühren, traute mich aber nicht: Fand er mich zu jung? Wollte er nur ein Freund sein? Wollte er mit mir zusammen sein? Um Sex ging es wohl nicht, denn diese Chance hatte er ja gehabt ... Ich war in Gedanken versunken...

»Du beobachtest mich!«, sagte er plötzlich streng.

»Äh ... nein ... ja«, stammelte ich.

»Gefällt dir der Anblick?«, er zwinkerte mir listig zu.

Ich wusste gar nicht, was ich antworten oder tun sollte, und Paul bemerkte meine Unsicherheit, zog mich zu sich heran. Er drückte mich fest an sich, Körper an Körper und ich dachte: Oh Gott!

Er strich mir über den Rücken, über den Po, mein bestes Stück war hart, eindeutig. Das musste er spüren, er spürte es ganz sicher, aber das ist doch normal – oder musste mir das peinlich sein? Keine Ahnung, wirklich nicht.

Was dachte Paul denn gerade? Konnte ich das fragen, überlegte ich erst und tat es dann einfach:

»Was denkst du gerade?«

»Ich ... Ich denke, dass wir jetzt ein Spiel machen!« Er schob mich dabei wieder von sich herunter. »Ein Massage-Spiel?«,

»Ein Massage-Spiel?«, fragte ich ungläubig.

Er erklärte mir die Idee. Ich war irritiert, wieso dieser Umweg, wo ich doch nur zu gerne mit ihm Sex haben würde?

Paul antworte, dass er mich wundervoll findet, sonst wäre er nicht so weit für mich gefahren und er möchte mich unbedingt besser kennenlernen. Er habe seit dem ersten Moment eine besondere Nähe zu mir gespürt.

Und deshalb wolle er es langsam angehen lassen, meinen Körper bei diesem Spiel erst mal ganz vorsichtig erkunden ...

Meine Aufgabe bestand darin, nichts zu machen, ihn nicht zu berühren, mich möglichst nicht zu bewegen, sondern einfach zu genießen und zu vertrauen.

Mir war es leicht unangenehm, ich lag auf dem Rücken, nur mit meinen blau-weiß karierten Shorts und einem weißen T-Shirt bekleidet, während Paul anfing meine Füße zu erkunden. Er küsste und liebkoste sie, zärtlich, und mich kitzelte und erregte das gleichzeitig, mein

Schwanz richtete sich auf, zeichnete sich eindeutig in den Shorts ab, und schuf eine kleine Lücke zwischen Shorts und Oberschenkel, durch die man blicken konnte. Doch Paul schien das nicht zu beachten.

Er ließ sich viel Zeit, berührte meine Waden, strich über meine dünnen Härchen – es gab mir einen wohligen Schauder.

Nur sehr sehr langsam arbeitete er sich nach oben und ich war verwirrt, denn kein Sex hätte intimer sein können, als diese Situation, in der ich ihm »ausgeliefert« war, mich ihm hingab, ihm vertraute. Was würde er tun? Würde er mir auch meine letzten beiden Bekleidungsstücke ausziehen?

Ich war nicht sonderlich erfahren, was Sex angeht. Bis dahin war ich der einzige gewesen, der mich an intimen Stellen berührt hatte – abgesehen von Afyon, doch der war damals eher schüchtern gewesen.

Daher wusste ich auch nicht, dass die Knie eine besonders sensible Stelle bei mir sind. Als Paul zärtlich über sie strich, bekam ich plötzlich so ein Gefühl wie beim Orgasmus, es war unglaublich.

Ich muss ein lustiges Gesicht dabei gemacht haben, denn als mein Verführer es sah, musste er grinsen – und berührte mich weiter an dieser Stelle, innen herum, an der Kniekehle, alles probierte er aus.

Er erkundete mich, die Stellen, an denen ich sensibel war, die Stellen, an denen ich gerne berührt wurde. Behutsam kam er an meinem Oberschenkel an, an den Rand der Shorts, er folgte dem Rand des Stoffes, ließ seine Finger ein bisschen darunter gleiten, in die Nähe meines Schwanzes, aber nicht ganz an ihn heran.

Ich machte Geräusche, die mir etwas peinlich waren, ich hatte in diesem Moment das Gefühl, so geil wie nie zuvor zu sein, doch ich durfte nichts tun. Paul streichelte mich weiter, fast überall. Er glitt nun leicht über meinen Schwanz, ohne länger bei ihm zu verweilen, er widmete sich stattdessen meinem Bauch, ganz nahe bei meinem besten Stück, aus dem nun Lusttröpfchen flossen, doch er blickte über den nassen Fleck auf meinen Shorts hinweg, der das helle Blau in ein dunkles verwandelte.

Normalerweise wäre mir das peinlich gewesen, doch mittlerweile konnte ich mir keine Sorgen mehr darüber machen, weil ich mich zu glücklich fühlte, das war alles so schön, so gefühlvoll, ich mochte das und wollte nicht, dass er damit aufhörte. Aber ich wollte ihn auch berühren.

Paul küsste mich nun am Bauch, schob gleichzeitig das T-Shirt ein wenig nach oben, flüsterte leise, dass ich es ausziehen solle.

Er spielte am Bund der Shorts und glitt immer wieder mit einem Finger darunter, was mir ein im wahrsten Sinn des Wortes heißes Gefühl bescherte.

Sein Mund wanderte gemächlich nach oben in Richtung Brustwarzen und ich dachte die ganze Zeit: Ich halte es gleich nicht mehr aus, ich halte es gleich nicht mehr aus …

Und als er dann meine rechte Brustwarze mit leichten Bissen bearbeitete, kam ich einfach, ohne dass er mich am Schwanz berührte, ohne dass ich nachgeholfen hätte. Es spritzte einfach aus mir heraus und zierte die gesamte Vorderseite meiner Shorts.

Natürlich bemerkte Paul das, schließlich wurde mein Stöhnen beim Spiel mit meiner Brustwarze so laut, dass er es unmöglich nicht bemerken konnte.

Er schaute kurz nach unten und fragte unschuldig, als wenn nichts passiert wäre, ob ich kurz ins Bad möchte.

Wie sehr hoffte ich, meine Omama nicht mit meinem Stöhnen geweckt zu haben und jetzt auf dem Weg zum Bad nicht von ihr – samt meines »Malheurs« – gesehen zu werden. Doch ich hatte Glück.

Im Bad fragte ich mich, ob das jetzt als Sex gelte, ich wusste es nicht, auf jeden Fall fand ich es saugeil.

Ich wusch mich schnell, sprühte mich mit Deo ein, und mit einem Badetuch untenherum gebunden kehrte ich zurück ins Zimmer, in dem Paul schon auf mich wartete.

»Endlich!«, sagte er und ich wollte wissen, was das bedeuten sollte, während ich schnell an meine Kommode mit den Unterhosen ging. Ich ließ das Badetuch fallen und streifte mir rasch eine neue Unterhose über. Albern eigentlich, immerhin war ich gerade vor ihm gekommen, aber dennoch wollte ich nicht, dass er mich völlig nackt sah.

»Komm her!«, forderte mich Paul auf und sagte dann, dass er noch nicht fertig sei.

Fragend schaute ich ihn an und er zeigte nur auf das Bett, auf das ich mich legen sollte, damit er mit seinem Verwöhnprogramm weiter machen konnte.

Er küsste mich am Hals, an den Ohren, und dann auf den Mund, und da ich ja nichts machen durfte, öffnete ich nur leicht den Mund, damit seine Zunge sanft hinein gleiten konnte.

Er lag auf mir drauf und ich wusste nicht, was ich mit meinen Händen machen sollte, ob ich sie auf seinen Hintern legen durfte, ich machte es einfach, und nach kurzer Zeit verirrten sie sich unter seinen Slip. Das fühlte sich gut an, auch für ihn, denn plötzlich wurde sein Stöhnen lauter, er rieb sich an mir – und dann entlud er sich, was genauso schwer zu ignorieren war wie bei mir.

»Der Wille war da!«, sagte er lachend und verabschiedete sich kurz ins Bad.

Als er zurückkam, hatte auch er nur ein Badetuch um seine Hüfte und fragte mich nach einer Unterhose, die ich ihm natürlich gerne lieh.

»Jetzt müssen wir uns auf jeden Fall wiedersehen, damit ich meine Unterhose wieder zurückbekomme«, sagte ich.

Er drückte mich fest an sich und erwiderte: »Die kriegst du nicht mehr wieder, mein lieber Jonas. Dafür kriegst du aber tausend andere Dinge von mir!«

Ich nahm seine Hand und zog ihn wieder ins Bett, ich kuschelte mich ganz eng an ihn heran und hauchte auf seinen Hals.

Er lachte. Und ich war der glücklichste Mensch der Welt.

***

»Du glaubst es nicht!«, ruft Paul aufgeregt ins Telefon. Er ist ganz empört.

Ich frage ihn irritiert, was denn los sei, und er erzählt mir, dass seine Eltern sich plötzlich versöhnt haben, was sich für mich erst einmal gut anhört, aber er sagt, dass die Konsequenz sei, dass diese Verrückten nun auf die Idee gekommen seien, das zu feiern. An Weihnachten!

Ich bin weiterhin verwirrt und frage nach. Er erklärt mir, dass seine Eltern über Weihnachten auf die Malediven fliegen, das sei doch unerhört.

Sie könnten es zeitlich nicht anders einrichten, sagte ihm seine Mutter, er kenne ja seinen Vater, er müsse ein Unternehmen führen.

Ich muss Paul recht geben, es ist abartig, seinen Sohn an Weihnachten alleine zu lassen, selbst wenn er nicht mehr sechs Jahre alt ist. Spontan sage ich zu ihm, dass er zu uns kommen kann an Weihnachten. »Nach Kranichstein etwa?«, fragt er.

»Nein, selbstverständlich nicht«, antworte ich ihm. Meine Eltern möchten mit meiner Omama und mir und vor allem in ihrer Heimat Berlin Weihnachten feiern.

»Ist denn so viel Platz bei deiner Oma?«, möchte er wissen.

»Also, du kannst dir sicher sein, dass du bei mir im Bett genauso viel Platz finden wirst wie sonst. Ich habe nicht vor, meine Eltern dazu zu bitten!« Ich lache.

»Das ist nicht lustig«, meint Paul nur, doch ich weiß auch so, warum er zögert, denn er hat ein bisschen Angst vor meinem Vater.

Er kennt ja die ganze Afyon-Geschichte und weiß, dass mein Vater extrem sauer gewesen war, als er das ganze Ausmaß dieses Abenteuers mitbekommen hat. Und vor allem, war er auch wenig begeistert darüber, dass Afyon und ich gleich auseinander waren, kaum war er in Berlin.

»Das ganze Drama für nichts«, hatte er einmal gebrummt, dabei ist jeder in der Geschichte ein Gewinner, denn Afyon kann nun ohne Druck sein Ding machen – und ich habe mit Paul die große Liebe gefunden. Aber: Mein Vater hat meine große Liebe noch nicht getroffen.

Ich verstehe Paul schon. Es ist nicht gerade ein schönes Vorgefühl, doch nun ist es beschlossene Sache, dass er über Weihnachten zu mir nach Berlin kommt. Ich hoffe nur, es geht dann alles gut.

***

Fabian und Afyon sind keine Freunde geworden, aber das ist nicht so schlecht, weil ich mich mit Afyon sowieso nur treffe, wenn ich Lust habe, schwul auszugehen. Was Fabian nicht mag.

Kein Wunder, er sieht verdammt gut aus, besser denn je. Er geht mehrmals die Woche ins Fitnessstudio und hat das Fußballspielen sein lassen.

Dafür spielt Afyon umso öfter, da muss er ja auch nicht reden, im Gegenteil, die Trainer von der Hertha sind wohl ganz froh, dass er nicht aufmuckt, sondern seine große Chance sieht weiterzukommen. Er ist bei den A-Junioren angekommen, und wenn er sich gut macht, wer weiß, ob er nicht irgendwann in der Bundesliga spielen wird.

Ich bin zwar immer noch kein Fußball-Fan, aber Afyon, der jeden Monat noch mehr wächst und immer athletischer wird, hält mich auf dem Laufenden. Über irgendetwas müssen wir ja reden. Kommunikationskünstler sind wir immer noch keine.

Beim »Schwul weggehen« zeigen sich übrigens unsere Unterschiede besonders deutlich. Während ich lieber zu einer schwul-lesbischen Clubnacht mit Indie-Musik gehen möchte, weigert er sich und zwingt mich entweder zu Black Music, weil da die beste Musik läuft oder zu House, weil da seiner Meinung nach die geileren Jungs sind.

Ich bin da eher skeptisch, außerdem muss man schon ein wenig auf ihn aufpassen. Afyon würde sonst ständig mit wem aufs Klo verschwinden und ist imstande, sich aufschwatzen zu lassen, es ohne Kondom zu machen. Oder eine Line Koks zu ziehen! Deswegen passe ich auch immer ziemlich auf mit dem Alkohol, denn auf Afyon könnte ich mich im Notfall kaum verlassen.

Und das mit dem Klo ist wirklich nicht an den Haaren herbeigezogen: Als wir mal in der Busche waren – ein wirklich lausiger Schuppen übrigens, in dem wohl mehr Brandenburger Dorfjungs als Berliner Typen zu sehen sind – habe ich ihn tatsächlich aus einer Kabine herausziehen müssen, in der er mit heruntergelassener Hose und einem etwa vierzigjährigen, dunkelhäutigen Amerikaner stand, der gerade ohne Kondom loslegen wollte. Afyon, der Dummkopf! Wer weiß, mit wem der Typ es schon getrieben und welche Krankheiten er sich dabei eingeheimst hat.

Manchmal frage ich mich, wieso wir uns überhaupt noch treffen. Doch irgendwie mag ich ihn ja schon noch, auch wenn das mit dem Reden nie klappt. Außerdem fühle ich mich auch ein bisschen verantwortlich für ihn, immerhin war die Sache mit uns der Grund, warum er nun in Berlin ist.

***

Fabian und ich sitzen gelangweilt im Deutsch-Unterricht. Wir sind beide gut in Deutsch, wir lesen gerne, schreiben auch nicht schlecht, aber unser Lehrer ist der langweiligste Typ auf Erden. Der schafft es einem auch den letzten Spaß an diesem Fach zu nehmen. Wir interpretieren gerade *Homo Faber* von Max Frisch tot.

Eigentlich finden wir ja das Buch toll, aber dieser Schweigert labert und labert und macht uns so den schönen Roman kaputt.

Nach der Schule wollen Fabian und ich zum Kulturkaufhaus Dussmann. Ich muss zugeben, ich bin geradezu süchtig danach. Süchtig nach diesen vielen CDs auf mehreren Ebenen, den DVDs und natürlich den vielen Büchern. Ich könnte den ganzen Tag darin verbringen, obwohl ich ja sonst eher nicht in der Friedrichstraße herumlungere. Fabi geht es genauso.

Mit ihm war es ganz leicht, wieder an die alten Zeiten anzuknüpfen. Aber ich war ja auch nur einige Monate weg aus Berlin. Schon bald waren wir wieder das gleiche Dream-Team wie vorher, trafen uns mit unseren Freunden, hatten Spaß, erlebten witzige Dinge. Doch unsere Gesprächsthemen änderten sich ein wenig, und zum Glück mag er Paul total gerne.

Sie haben sich sogar schon alleine getroffen, wenn ich einen Termin mit der Theatergruppe hatte, das ist sehr schön. Eine Wellenlänge nennt man das. Wir gehen oft gemeinsam zusammen aus, wenn Paul in Berlin ist. Fabian nimmt jetzt seine neue Freundin mit, Lara, mit der ich ihn am Ende tatsächlich erfolgreich verkuppelt habe. Mit der ersten ging es nicht allzu lange, Sabrina, ähnlich wie bei mir, das war schon nach kurzer Zeit zu erahnen.

Das muss vielleicht so sein mit der ersten Liebe: Man ist ein wenig verliebt, findet die Person geil und möchte seine ersten Erfahrungen sammeln … Aber wenn dann die erste Faszination vorbei ist, man miteinander reden möchte und merkt, dass man es nicht kann, dann kühlen sich die Gefühle ganz schnell ab

Fabians Sabrina war genauso kommunikativ wie mein Afyon. Lara ist da ganz anders, sie hört fast nicht auf zu reden, wenn sie einmal angefangen hat. Sie redet uns immer platt. Deshalb darf sie auch nicht zu Dussmann mitkommen. Das ist unser Ort.

Wir beobachten auch gerne die anderen Leute, schauen wie sie sich bei Dussmann bewegen, was sie sich anhören, ansehen, durchlesen.

Fabian guckt natürlich eher nach den Mädchen und ich eher nach den Jungs.

Natürlich sind wir beide vergeben, aber keine Ahnung, ich finde es halt irgendwie schön, andere Jungs anzuschauen. Auch auf Facebook könnte ich mir die ganze Zeit Fotos von hübschen Jungs anschauen, man vergleicht sich ja auch …

Der schönste von allen aber für mich ist Paul. Kaum denke ich an ihn, muss ich lächeln.

Fabi fragt mich, wieso ich so debil grinse und als ich bloß Paul sage, lacht er mich aus und stupst mich kumpelhaft an der Schulter.

***

Weihnachten steht vor der Tür, meine Omama ist sicher den ganzen Tag unterwegs, wie sie angekündigt hat, und ich habe Afyon eingeladen, zu mir zu kommen.

Er kennt mein neues Zimmer noch nicht, ich habe es umgestaltet, nachdem Paul die ersten paar Male da war und etwas rumgemäkelt hat.

Ich habe jetzt ein größeres Bett, das Malm von IKEA. Ich hätte mir zwar auch etwas Teures leisten können, meine Mutter wollte das, aber wieso unnötig Geld ausgeben, wenn mir schon das günstige Modell gut genug gefällt? Die dazugehörige Kommode und der weiße Schrank, die ich beide schon vorher hatte, passen gut dazu. Dafür habe ich mir noch ein neues weißes Regal gegönnt, damit alles etwas geordneter ist und die Bücher nicht immer alle auf dem Schreibtisch und auf dem Boden verteilt herumliegen.

Die Wände sehen jetzt ganz anders aus: die Wand, an der das Bett steht, habe ich in der Farbe Latte-Macchiato gestrichen, die Wand, an der der Schreibtisch steht, ist moosgrün.

Außerdem habe ich noch ein paar hübsche Accessoires auf dem Flohmarkt gekauft, natürlich mit Paul, der ganz entzückt von den Flohmärkten in Berlin ist, die ganz anders seien als die in München.

»Schick«, meint dann auch Afyon, der seine dunklen Haare mittlerweile ganz kurz hat, was nicht ganz so gut zu seinen langen Wimpern passt. Er ist, wie meistens, sportlich gekleidet. Er fläzt sich auf das Bett und will wissen, wie es mir geht.

Ich erzähle ihm von Paul und wie gut unsere Beziehung läuft – das interessiert Afyon jedoch nur mäßig.

Dann erzähle ich ihm vom Theater, auch das interessiert ihn mäßig. Weihnachtsgeschenke: mäßig interessant. Schule: mäßig interessant.

Ich weiß schon, wieso wir uns sonst nur zum Weggehen treffen, da lässt sich das Quatschen auf ein Minimum beschränken.

Er schnappt sich meinen Mac, fragt noch nicht mal, ob das okay ist, meint bloß, dass er eine tolle Seite entdeckt habe.

Interessiert frage ich nach, welche er meint, denn ich konnte ja nicht ahnen, dass er mir tatsächlich mit Cam4 kommt! Das ist eine Seite, auf der Leute sich exhibitionieren.

Mir ist das alles furchtbar unangenehm, ich meine, ich sitze neben ihm auf dem Bett und er klickt da drauf, sucht eine Cam aus und im nächsten Moment sehen wir einen jungen Mann der laut Profil 19 Jahre alt ist, in London wohnt, und an sich herumspielt!

Er hat noch seinen Slip an, aber zupft immer daran herum und fasst sich an den Schwanz.

»Geil, oder?«, murmelt Afyon und an seiner Hose kann ich erkennen, dass ihn das tatsächlich sehr geil macht.

Ich finde das unangebracht, schließlich habe ich einen Freund und Afyon ist so etwas wie mein Ex und auch so etwas wie mein kleiner Bruder.

Neben dem Cam-Bild befindet sich ein Fenster, in dem viele schlüpfrige Dinge gechattet werden: Der Neunzehnjährige wird aufgefordert, seine Unterhose endlich auszuziehen, man wolle den Schwanz richtig sehen. Und als er es tut, gibt es hundert Kommentare darüber, wie groß und schön er sei.

Aha, denke ich und frage mich, warum der Typ das macht? Aufmerksamkeit? Bestätigung? Vielleicht. Doch hat er keine Angst, dass einer das Ganze mitschneidet und auf YouTube stellt?

Und was, wenn man erkannt wird? Das könnte doch furchtbare Konsequenzen nach sich ziehen, überlege ich mir gerade, alles andere als erotisiert.

Afyon dagegen atmet schon schwer, als er mich fragt, ob mich das nicht geil mache.

Ich bin gereizt und reagiere auch so, möchte von ihm wissen, was das soll.

»Was denn? Wirst du nicht geil, wenn Paul nicht da ist?«, fragt er mit schriller Stimme.

»Also, das ist nichts, was dich etwas anginge, Afyon«, werfe ich ihm entgegen.

»Wieso denn? Wir sind Freunde. Und ich weiß, wie dein Schwanz aussieht«, sagt er lachend.

»Was soll das denn jetzt?«, will ich wissen.

»Wir könnten beide wichsen, während wir ihn beobachten.« Afyon sagt das ganz unschuldig und zieht dabei bereits seine Hose und die Shorts herunter.

Ich bin entsetzt! Mein Ex liegt neben mir auf dem Bett, schaut sich einen Typen beim Wichsen an – und tut es ihm nach.

Afyons Schwanz ist ganz dick und ich sehe auch schon ein Lusttröpfchen an seiner Eichel. Oh Mann! Wie bin ich in diese Situation gekommen?

Ich merke, wie ich, ohne es zu wollen, ebenfalls einen dicken Schwengel bekomme. Was soll ich tun? Ich stelle mir vor, wie mich Paul später am Telefon fragt: »Na, was habt ihr zwei so getrieben, als Afyon bei dir war?«

Und ich ihm unschuldig antworte: »Haha, nix nix, wir haben uns nur einen runtergeholt, während wir Cam4 angeschaut haben.«

Scheiße! Das könnte ich doch nicht bringen … Und trotzdem wandert mein Blick immer wieder zu Afyons Schwanz. Er ist etwas kleiner als der von Paul, nicht dass es wichtig wäre, dafür etwas dicker und natürlich beschnitten.

So oder so, ich bin nur ein Junge und klar geilt es mich auf, ihn so nah vor mir zu sehen und Afyons lauter werdendes Stöhnen zu hören. Scheiße Mann!

Beim Jungen vor der Cam geht es immer turbulenter zu, er steckt sich gerade einen Dildo in den Hintern, was die Fans zu euphorisierten Kommentaren motiviert.

»Mmh«, sagen sie, »yummie, yummie«, und Sachen wie: »I wanna fuck you right now!«

Afyon schaut währenddessen immer wieder zu mir, ob ich ihn auch ja beobachte, wahrscheinlich macht ihn das an, dass ich ihm zusehe, so wie das den jungen Mann von Cam4 anmacht, dass er von vielen beobachtet wird.

Ich könnte das jetzt nicht wie er, wäre ich an Afyons Stelle. Mich wie zu Hause fühlen und einfach loslegen, ohne dass der andere das gleiche tut, ohne dass der andere sagt: »Ja, tolle Idee!«

Was mache ich jetzt bloß? Mich plagt das schlechte Gewissen. Würde Paul erwarten, dass ich Afyon auf der Stelle rausschmeiße? Wahrscheinlich, oder?

Wäre es Fremdgehen, wenn ich ebenfalls meine Hose herunterziehe und mit meinem Ständer spiele? Würde mich Afyon dann sofort anfassen wollen?

Kaum denke ich das, legt er seine rechte Hand auf meine linke und holt sie sich. Er legt sie auf seinen dicken Schwanz.

Wie von der Tarantel gestochen springe ich auf und flüchte ins Bad. Ich will Paul nicht betrügen, doch kaum stehe ich vor dem Badspiegel kann ich nicht anders, als meine Hose aufzureißen und zu wichsen.

Und ich muss dabei an Afyon denken, der gerade auf meinem Bett liegt und das gleiche macht. Scheiße!

Aber das ist doch jetzt kein Fremdgehen? Ich weiß: Man darf es nicht einmal in Gedanken, doch das geht nicht, das geht verdammt noch einmal nicht! Oh Mann, Schwulsein ist echt schwierig!

Ich komme ziemlich schnell, so aufgegeilt war ich. Verschämt wasche ich mein bestes Stück, sprühe Deodorant unter meine Achseln und ein bisschen Parfüm auf meine

Handgelenke. Dann gehe ich wieder zurück in mein Zimmer.

Afyon stößt gerade einen kleinen Schrei aus, während er sich über den ganzen Bauch spritzt, zum Glück hatte er sein Oberteil rechtzeitig hochgezogen. Sein Gesicht sieht sehr zufrieden aus.

Erst als er dabei ist, sich mit den Taschentüchern ein bisschen sauber zu machen, fällt ihm auf, dass ich wieder im Raum bin.

»Wieso hast du das gemacht?«, fragt er mich.

»Wieso hast du das gemacht?«, frage ich zurück.

»Wieso hast du das gemacht?«, fragt er wieder.

»Nein, die Frage lautet wirklich, wieso du das gemacht hast, lieber Afyon«, sage ich. Er zuckt die Schultern.

Ich versuche ihm zu erklären, dass ich einen Freund habe, und dass wir beide nun Kumpel sind, und unter Kumpeln solche Intimitäten nicht möglich sind. Er versteht es nicht, was ich wiederum nicht verstehe.

Absolute Treue, denke ich mir, absolute Treue, das ist das Wichtigste in einer Beziehung. Afyon interessiert das weniger. Er sagt: »Was ist da schon dabei?«

Was da schon dabei sein soll? Vor nicht allzu langer Zeit meinte er, er wäre nicht schwul und hätte ein Problem damit, von mir berührt zu werden. Und jetzt ist er so locker? Lockerer als ich? Wobei: Ich bin doch locker, doch ich bin auch treu. Nachdem Afyon endlich gegangen ist, überlege ich, ihn eine Weile nicht mehr zu sehen, Gras über die Angelegenheit wachsen zu lassen. Gerne würde ich mit jemanden über die Sache reden, aber mit wem? Ich kann das doch Paul nicht erzählen, oder?

Als ich später zum Theaterspielen fahre, bin ich noch immer aufgewühlt von diesem Erlebnis. Und es wird nicht besser:

Als Warm-Up beginnen wir mit Qigong. Das scheint erst einmal unverfänglich zu sein, wir verteilen uns alle im Raum und nehmen eine bequeme Grundstellung ein, wir konzentrieren uns auf das ruhige Ein- und Ausatmen.

Dann sollen wir verschiedene Übungen machen: wie »Hände reiben«, also die Hände in Höhe des Bauchnabels zusammenführen und Handflächen aneinander reiben, oder »Gesicht waschen«, wobei man mit den Handflächen sanft über das Gesicht streicht, von unten nach oben, zur Stirn hin und dann von oben nach unten zu den Seiten.

Eigentlich kann man alle Übungen alleine machen, aber beim »Nacken ausstreichen« meint Birte, dass wir das auch gerne zu zweit machen können, und kaum hat sie das ausgesprochen, steht Carl bei mir und massiert mir leicht den Nacken und den oberen Rücken.

Seine Berührungen sind angenehm. Er ist mir sehr nah, ich spüre seinen Atem, er duftet aus allen Poren, das ist mir schon häufiger aufgefallen. Carl riecht immer so, als käme er gerade aus der Dusche gestiegen. Mir wird ein bisschen flau im Magen.

»Und? Mache ich das gut?«, möchte er wissen.

»Sehr gut sogar«, sage ich unbedacht.

Gut, sagt er, dann sei er jetzt dran.

Und als ich ihn massiere, macht er ganz wohlige Geräusche, wobei ich mich frage, was seine Freundin wohl dazu sagen würde …

In unserer Pause setzt er sich zu mir, ganz nah, er duftet nach wie vor, obwohl wir Gas gegeben haben beim Theaterspielen, wir hatte eine heftige Szene, in der wir uns bekämpft haben. Ich schwitze aus allen Poren und stinke wahrscheinlich wie die Pest. Er scheint es nicht zu bemerken.

Er lädt mich zu einem Essen bei sich zu Hause ein, am ersten Weihnachtstag kommen einige interessante Menschen, meint er zu mir.

Ich frage nach, über wen wir reden, und er nennt mir berauschende Namen, die mich wirklich reizen: Leute vom Theater, von Film und Fernsehen, Berühmtheiten. Woher kennen seine Eltern bloß diese Menschen? Außerdem will ich wissen, wieso er nicht seine Freundin dazu einlädt?

Carl druckst herum, sagt, dass sie zu ihren Großeltern nach Köln fahren werde.

Ich erkläre ihm, dass wir bei meiner Omama feiern, meine Eltern kommen, und natürlich Paul.

Es klingt ja total reizvoll, gerne würde ich zu ihm kommen, aber an Weihnachten könnte das schwierig werden.

Paul, überlege ich, wenn ich Paul mitnehmen könnte, und ich möchte gerade fragen, ob das ginge, da sagt er in einem schwer definierbaren Ton: »Paul, klar, Paul kommt ja.«

Er nuschelt noch irgendwas Unverständliches vor sich hin.

Obwohl ich kein schlechtes Gewissen zu haben bräuchte, habe ich es nun doch. Ich weiß nicht, was ich sagen soll.

Carl schaut traurig, sagt, dass jetzt niemand dabei sein werde, und alle denken werden, dass er keine coolen Freunde habe.

Ich erwidere, dass er doch noch andere Freunde fragen könnte, doch er erwidert nur: »Pah!«

Ich erkläre noch mal, dass ich wirklich nicht kann. Weihnachten! Paul! Oh Mann, was hat er denn erwartet? Wieso ist das nun so ein Drama?

Carl schaut mich die ganze zweite Hälfte der Proben nicht mehr an und schmollt offensichtlich.

Der verhält sich doch so, als wäre er in mich verschossen, oder? Bilde ich mir das nur ein?

Darüber muss ich mit Fabian reden, genauso wie über die Sache mit Afyon, denke ich erst und dann: Krasser Tag, braucht kein Mensch!

***

Einen Tag vor Heiligabend kommt Paul schon an, ich hatte vorher gerade noch Zeit das Wichtigste mit Fabian zu besprechen, der mich etwas beruhigt hat.

Er meint, dass ich in beide Situationen eher unschuldig reingerutscht bin, aber in der Zukunft vielleicht etwas aufpassen sollte bei den beiden Herren. Ich sei manchmal wirklich zu naiv für diese Welt und vor allem zu naiv für solch clevere Jungs. Ob er damit recht hat?

Mann, ich liebe doch Paul, ich will nur ihn! Trotzdem fühle ich mich leicht unwohl, als ich ihn am Bahnhof abhole und lange in den Arm nehme.

Auch er spürt was, denn er fragt gleich, ob etwas passiert sei, ich schaue ihn so eigenartig an.

»Nein, nein«, beeile ich mich zu sagen. Und denke: Mist, jetzt hat er erst recht Lunte gerochen!

»Was hast du denn alles mitgenommen?«, frage ich schnell. »Irgendwelche Waffen, um meine Eltern zu eliminieren? Lexika, um besser mitdiskutieren zu können bei Tisch?« Das sind doch wohl berechtigte Fragen, oder? Ich muss kichern.

»Vielleicht sind es aber auch teure Geschenke für meinen geliebten Schatz«, schmunzelt er, »die ich genauso gut Fabian schenken könnte.« Er lacht.

»Du Schuft! Ich wusste, dass du auf ihn stehst!« Ich lache mit.

»Eigentlich auf seine Freundin«, grinst Paul schelmisch.

Ja, Lara und er sind besonders gute Freunde. Das zeigt sich dann auch später, als wir im Kino in den Hackeschen Höfen sitzen. Die Hackeschen Höfe sind berühmt in Berlin Mitte, mit Cafés, kleinen Läden und Galerien. Das Kino ist hier ganz cool, sieht anders aus als diese CineStar-Dinger. Eine schöne Architektur, ein bisschen auf Old Style getrimmt.

Wir sitzen in diesen schönen roten Sitzen und haben fett Popcorn und Cola in den Händen. Lara redet auf Fabian ein, sie hat offensichtlich aufregende Dinge erlebt während der letzten zwei Tage, in denen sie sich nicht gesehen haben.

»Lara, du bist aber gleich still, wenn der Film anfängt!«, sagt Paul in seinem strengsten Ton.

»Nein Papa, jetzt werde ich erst recht die ganze Zeit plappern, damit du ja nichts mitbekommst«, antwortet sie zickig.

»Du weißt, was mit ungezogenen Kindern passiert?«, fragt er sie belustigt.

»Na, was denn?«, meint sie unbeeindruckt.

»Die kriegen an Weihnachten keine Geschenke, nicht wahr, Fabi?«, entgegnet er ganz ernst, ich hätte längst angefangen zu lachen.

»Stimmt genau«, stimmt Fabian ihm zu, »den Ring kriegst du dann eben erst zum Geburtstag … Ups, verraten!« Fabi schüttelt sich vor Lachen.

»Wenn ich den Ring nicht kriege, dann musst du leider auch auf die Massage verzichten, die ich dir schenken wollte«, gibt Lara schlagfertig zurück: »Wie schade.«

»Und Paul«, triumphiert sie dann, »ich werde nicht nur die ganze Zeit plappern, sondern immer gerade dann aufstehen und mich vor dich hinstellen, wenn einer der Schauspieler wenig anhat.«

»Ach, wen interessiert es. Es ist kein Porno«, sagt Paul achselzuckend. »Außerdem schaue ich sowieso lieber Fabian an, vielleicht zieht er ja für mich kurz das Oberteil hoch!«

»Ich ziehe es für dich nicht nur hoch, wenn du möchtest, setze ich mich hier nur mit Shorts bekleidet hin, mein lieber Paul«, feixt mein bester Kumpel mit.

Jetzt mische ich mich ein und sage lachend: »Na, na, wenn Lara und ich euch stören, können wir auch gerne in einen anderen Film gehen und lassen euch beide alleine.«

Es ist merkwürdig, nicht nur weil es ein Spaß ist, stört mich diese Vorstellung nicht, sondern auch … weil es mich irgendwie anmacht. Oh Mann, bin ich krank? Ich stelle mir meinen Partner und meinen besten Kumpel zusammen vor. Irgendetwas stimmt mit mir nicht. Definitiv.

Lara möchte wohl ablenken und beginnt noch einmal kurz das Wichtigste über den Film zu erzählen. »Danke, liebe Spielfilm-Redaktion, oder Lara, das hat uns jetzt weitergebracht«, sagt Paul trocken, als sie endlich fertig ist.

»Ey, sei nicht so fies zu meiner Freundin«, lacht Fabi laut mit.

Wir sind wirklich ein Chaotenhaufen, denke ich, aber sehr lustig. Beim Film können wir uns übrigens alle vier nicht mit Kommentaren zurückhalten.

Die Leute hinter uns sind schon ganz empört, während wir einen Lachanfall nach dem nächsten bekommen und uns nicht mehr einkriegen.

Lara und Paul kann man nirgends zusammen sein lassen, es endet immer im Fiasko, sie sind wie Katz und Maus – und können niemals zugeben, dass sie sich gegenseitig toll finden.

***

Typisch meine Eltern. Sie geben sich den Reisestress an Heiligabend und kommen erst morgen auf den letzten Drücker an.

Aber besser für Paul und mich, denn so konnte er erst einmal ohne Stress bei Omama ankommen, und diese musste sich auch nicht gleich auf alle einstellen, sondern konnte mit dem Gast aus München anfangen.

Und Paul und ich haben so noch wenigstens eine Nacht alleine, ohne meine Eltern nebenan.

Ich merke in diesem Moment, als wir unter der Decke liegen, dass mir diese Berührungen sehr gefehlt haben, dieses Aneinanderkuscheln, gerade im Winter, die Körperwärme des anderen spüren, ja, mir mangelte es daran eher als an Sex.

Der ist selbstverständlich wichtig, aber nicht ganz so wie diese Aufmerksamkeit und vor allem Geborgenheit. Und das alles fehlt einfach ganz oft, wenn man eine Wochenendbeziehung führt. Mir raten immer wieder Leute davon ab, doch meine Sehnsucht nach Paul ist zu groß, und er will ja auch in ein paar Monaten nach Berlin ziehen …

»Fandest du die Schauspieler heute im Film erotischer als mich, Paul?«, frage ich plötzlich ganz dumm, ich weiß auch nicht, wieso ich das mache. Immerhin sind das Schauspieler, die werden für das Gutaussehen bezahlt, oder etwa nicht?

»Nein, ich habe dich während des Films öfter angeschaut als die, falls dir das nicht aufgefallen ist«, erwidert er in einem belustigten Ton.

Er hat ja recht, aber trotzdem.

»Bin ich attraktiv für dich?«, frage ich noch mal unsicher.

»Der Attraktivste! Wieso sollte ich sonst mit dir zusammen sein? Ich könnte mir doch bequem jemanden in

München suchen, oder? Mache ich aber nicht, weil ich dich will!« Er sagt es bestimmt und ich muss lächeln.

»Und du, mein lieber Jonas? Bin ich noch immer deine Nummer Eins? Oder hast du im Theater jemand Neues gefunden, den du anhimmelst?« Er sagt es lachend. Aber meint er es trotzdem ernst? Woher …

Ich stammele nur vor mich hin, ganz aufgeregt, fühle mich ertappt: »Was meinst du?«

»War doch nur Spaß!« Paul kriegt sich nicht mehr ein. »Oder hast du etwas zu verbergen, mein Geliebter?« Nun schaut er mich etwas ernster an, versucht in meinen Augen zu lesen.

»Natürlich nicht, natürlich nicht. Ich vergöttere dich!«, sage ich, und hoffe, dass er nicht weiß, was in meinem Kopf nun vorgeht!

Paul liegt nun da, wo Afyon lag. Und wegen Carl habe ich wirklich ein schlechtes Gewissen. Einerseits möchte ich am liebsten mit Paul meine gesamte Zeit verbringen, aber ich würde am ersten Weihnachtstag auch gerne kurz zu Carl gehen, denn ich finde ihn nett und ich möchte diese berühmten Leute so gerne kennenlernen – doch das geht nicht.

Plötzlich muss ich wieder an die Situation heute im Kino denken, als ich mir auf einmal Paul zusammen mit Fabian vorgestellt habe, die Gedanken mischen sich mit denen an Afyon und Carl – und erschreckenderweise wächst dabei nicht nur mein schlechtes Gewissen.

Meine körperliche Reaktion bleibt auch Paul nicht verborgen.

»Was haben wir denn hier?«, fragt er neckisch und fasst an mein bestes Stück.

»Willst du?«, frage ich ihn verschüchtert. Ich habe zwar ein schlechtes Gewissen, aber auch große Lust.

»Immer doch!«, flüstert er mir nun ins Ohr, haucht hinterher: »Am besten den ganzen Tag!«

Und dann ist alles wundervoll, kein Afyon, kein Carl, kein Fabian vor mir, nur Paul und ich, ich und Paul.

Keine anderen Gedanken, nur wohlige Gefühle: Stöhnen, küssen, überall berühren, kaum aushalten, mehr wollen, mehr kriegen, kurz zurückziehen, angreifen, hauchen, glücklich sein.

***

Nach dem Frühstück machen wir uns auf den Weg Richtung Alexanderplatz. Paul meint, dass wir uns den Heiligabend-Wahnsinn im Einkaufszentrum Alexa antun sollten.

»Warum in Gottesnamen?«, frage ich ihn mehrmals, er hat sich das Alexa bisher noch nicht einmal an »normalen« Tagen angetan, und heute wird uns das beide umbringen.

»Vielleicht werden wir noch nicht einmal rein gelassen, weil es schon zu voll drinnen ist«, versuche ich halbherzig, ihn von seinem Plan abzubringen

»Blablabla. Wir nehmen meine Cam mit und filmen den weihnachtlichen Wahnsinn und schneiden das zusammen. Das perfekte Weihnachtsgeschenk für Lara!« Er bleibt standhaft und tapfer – und gehässig.

Die U-Bahnen sind voll, der Alex ist rappelvoll, das Alexa ist es ebenso. Ich glaube, in anderen Städten ließen die Security-Männer keine Leute mehr rein, wenn schon so viele drin sind, aber hier werden immer noch mehr reingepackt, Konsum ist geil oder so, man braucht sich gar nicht mehr selbstständig zu bewegen, man wird einfach weitergeschoben. Es ist ja unglaublich. Suchen die alle noch Weihnachtsgeschenke?

»Paul, du hast doch schon ein Geschenk für mich, oder? Oder sind wir etwa deswegen hier?«, ziehe ich meinen Freund auf.

»Hatten wir nicht ausgemacht, dass wir uns nichts schenken?«, erwidert der schlagfertig.

»Stimmt ja«, sage ich schnell und kichere.

Die Leute tragen alle dicke Tüten in den Händen, wirken total gestresst und unterhalten sich laut darüber, wie blöd doch eigentlich Weihnachten sei und diese vielen Geschenke, die doch sowieso keiner bräuchte.

Na ja, denke ich mir, wieso kauft ihr sie dann? Ihr habt es doch in der Hand, ihr müsst nicht mitmachen.

Bei Paul und mir war das tatsächlich kein Witz, ursprünglich wollten wir uns gar nichts schenken, weil wir das mit dem Konsum echt dumm finden:

Was soll man zum Beispiel den Eltern schenken, die sowieso alles haben oder sich sofort zulegen können, was sie gut finden?

Was kann man seinem Partner schenken, was wäre so wertvoll wie das Glück zusammen zu sein?

Aber dann dachten wir, dass es darum geht, sich Gedanken darüber zu machen, etwas zu schenken, das mit der Beziehung zu tun hat, was von innen heraus kommt und mehr ideell als teuer ist.

Ich jedenfalls bin schon sehr gespannt, ob ihm mein Geschenk gefällt …

***

Vielleicht liegt es an Weihnachten, vielleicht liegt es auch an der spießigeren Erziehung, die Paul im Gegensatz zu mir genießen durfte, in jedem Fall: Mein Vater liebt ihn. Wer hätte das gedacht?

Meine Mutter, klar, das war gesetzt: Paul sieht wunderschön aus, ist jung und cool, was sollte sie an ihm auszusetzen haben?

Aber mein Vater? Zumindest ein paar kleine Ressentiments hätte ich erwartet, nach dem Motto: Eigentlich finde ich es ja ein bisschen blöd, dass mein Sohn schwul ist, also finde ich seinen Freund auch ein bisschen blöd.

Aber nein, nicht dergleichen, im Gegenteil! Mein Vater genießt die interessierten Fragen von Paul über den Job, über die Lage der Nation, über die Wirtschaft und so weiter.

Und ich frage mich, woher er das nimmt. Er interessiert sich doch sonst genauso wenig für das ganze Gedöns wie ich. Allerdings liest er zwischendurch regelmäßig Spiegel-Online, mit Hintergrundberichten und allem. Außerdem ist er es ja von seinen Eltern gewohnt.

Bei Omama und mir gibt es ganz anderen Gesprächsstoff beim gemeinsamen Essen: Was wir die nächsten Tage kochen könnten, wie es in der Schule lief, wie im Theater, was meine Freunde so treiben, was Omamas Freundinnen wieder für einen Unsinn machen, oder welche Baustellen Schöneberg gerade wieder verhunzen.

Der Heiligabend verläuft also sehr harmonisch, meine Eltern waren noch nie so ausgeglichen wie dieses Weihnachten, es tut ihnen gut, alleine zu leben, ihren eigenen Rhythmus zu haben, sich um keinen sonst kümmern zu müssen.

Es entspannt sie, dass bei mir alles gut läuft, dass ich ein geregeltes Beziehungsleben mit einem adretten Jungen aus gutem Hause führe, und sie sehen einen Vorteil darin, dass dieser so weit weg wohnt, da ich in der Zeit, in der wir uns nicht sehen können, nicht von der Schule abgelenkt werde, was sich ihrer Meinung nach an den guten Noten zeigt, die ich nach Hause bringe.

Es bleibt harmonisch beim Essen, es bleibt harmonisch beim Geschenke auspacken. Wir hören dabei eine Playlist meiner Mutter, die sich Weihnachtsliedern verweigert, aber gerne etwas Besinnliches von den Carpenters, von Joni Mitchell, Janis Joplin und Nick Drake nebenbei hören möchte.

Paul findet das gut und kommentiert einzelne Lieder, sehr zur Freude meiner Mutter.

Janis Joplin und er sind wohl dicke Freunde gewesen in einem anderen Leben, denke ich mir, während ich ihm zuzwinkere.

Dann ist es endlich so weit: Paul öffnet mein »Old fashioned«-Geschenk, denn obwohl es viel modernere Versionen von Mixtapes am Mac und im Internet gibt, habe ich ein Poesiealbum gekauft und zu jedem einzelnen Song auf der dazugehörigen, selbst gebrannten CD einen kleinen Text geschrieben, ein Bild gezeichnet oder ein Bild eingeklebt.

»Jonas in mood« habe ich es genannt und meine damit mehrere Stimmungen. Es sind Lieder dabei, die ich bei melancholischer Stimmung gerne höre, Stücke, zu denen ich gerne tanze, Auszüge aus dem Soundtrack unseres Lieblingsfilmes und auch der Song, den ich am erotischsten finde: *No ordinary Love* von Sade, der zufällig lief, als wir ganz am Anfang Sex miteinander hatten.

Davon hat meine Mutter zum Glück keine Ahnung, denn ansonsten fände sie das Ganze vielleicht nicht fabelhaft und total süß.

Erwartungsvoll schaue ich zu Paul, gespannt warte ich auf seine Reaktion.

»Zwei Dumme, ein Gedanke«, lacht er plötzlich auf. Er überreicht mir ein Büchlein, ähnlich wie meines, seines ist allerdings ohne Musik und eher wie ein Theaterstück geschrieben.

Er erklärt es mir. Es sind mehrere Szenen aus unserem gemeinsamen Leben, die er beschreibt, wobei er geeignete Szenen aus berühmten Büchern als Vorbild nimmt. *Tausendundeine Nacht* zum Beispiel, wobei da sogar Fabian und Lara vorkommen, Lara ist natürlich Scheherazade, die um ihr Leben redet.

Bei *Zwei an einem Tag* von Nicholls ist Paul natürlich Dexter und ich bin die Emma, war ja klar! Aber es geht ja nicht anders: Die meisten Vorbilder aus der Literatur sind nun mal heterosexuell, da kann man nichts machen.

Pauls Geschenk wird dadurch aber nicht weniger schön und kreativ. Ich liebe diese Idee. Und ich liebe die Fotos dazu, die Zeichnungen. Vor allem sind seine wirklich gut im Vergleich zu meinen Stümpereien.

Meine Mutter japst die ganze Zeit, sie findet uns ja so süß, und mein Vater möchte die beiden Bücher in die Hand nehmen, das verhindere ich aber sofort.

Er findet das lustig. Richtig zu lachen beginnt er, als meine Mama unser Geschenk auspackt, viele bunte Armbänder springen aus der Packung heraus.

»Was ist das Hässliches?«, schreit er lachend auf. Und meine Mutter schaut ihn giftig an, während sie zu uns sagt: »Oh, mein Gott, ihr seid verrückt!«

Wir haben uns, als ich das letzte Mal in München war, mit meinen Cousinen Elisa und Anna und den zwei achtjährigen Nachbarsgören, auf die sie manchmal aufpassen, zusammengesetzt und ganz viele Scoubidous in leuchtenden Farben gebastelt. Jetzt kann meine Mutter wie dieser eine Schlagersänger Freundschaftsarmbänder an zwei Armen tragen.

»Wir hatten blutige Hände«, sagt Paul gespielt ernst.

Sie umarmt uns beide und sagt, dass wir wirklich ein Dream-Team seien.

Mein Vater lacht immer noch und sagt, wenn er so ein hässliches Geschenk bekommt, dann schmeißt er es gleich weg – oder verschenkt es eben an meine Mutter weiter.

Doch er kriegt kein hässliches Geschenk, er kriegt das einzige Konsumgeschenk von allen, eine teure Flasche Whiskey, die Paul anhand des Geschmacks seines Vaters ausgesucht hat.

»Guter Tropfen, nicht billig«, kommentiert mein Vater und meint dann: »Tolles Geschenk, hat wohl Paul ausgesucht.«

Meine Mutter kichert, während sich Omama sehr über das große, schön gerahmte Foto von Paul und mir freut.

Wir waren extra bei einem guten Fotografen, hatten uns in Schale geworfen, also so richtig. Auf dem Bild haben wir beide Anzüge an und Krawatten, so wie in alten Zeiten, und posieren auch so richtig schön altmodisch: Paul auf einem Stuhl sitzend, ich stehe hinter ihm, habe dabei meine Hand auf seiner Schulter. Beide schauen wir ernst und deuten nur ein Lächeln an.

Omama hat Tränen der Rührung in ihren Augen.

»Das hänge ich gleich morgen auf«, sagt sie schließlich stolz, und wir freuen uns.

Nach der Bescherung ziehen wir uns zurück, lassen meine Eltern mit meiner Oma alleine, damit sie sich in Ruhe unterhalten können, während wir uns alte Filme im Fernsehen ansehen, kuschelnd und glücklich.

Das ist das Schönste an Weihnachten, diese alten Filme, die man schon so oft gesehen hat. Und: Es ist das schönste Weihnachten überhaupt, weil Paul und ich es zusammen verbringen. Ich habe wieder dieses Kribbeln im Bauch, wie bei unseren ersten Treffen …

Den nächsten Tag verbringen wir zu Hause und probieren das Weihnachtsgeschenk meiner Eltern aus, am Vorabend war uns das zu stressig.

Meine Mutter meinte, dass ich auch mal in diesem Jahrtausend ankommen sollte, und hat mir deshalb doch tatsächlich eine Wii gekauft. Und Paul zwei Spiele geschenkt, damit wir sie auch ja nutzen.

Nach einer gefühlten Stunde funktioniert das Ding endlich, wir haben Wii-Avatare kreiert und fliegen durch die Luft beim Ski-Springen und fahren Slalom – das sind die einzigen Übungen, bei denen ich Talent zeige.

Dann versuchen wir Hula-Hoop-Reifen kreisen zu lassen, was mir im Gegensatz zu Paul nicht gelingt.

Noch am nächsten Tag, als Fabian und Lara kommen, versuchen wir uns darin, wobei Lara und ich eher dumme Schnappschüsse von uns beim Wii-Spielen schießen, die wir umgehend bei Facebook hochladen, mit lustigen Kommentaren. Fabian und Paul dagegen bekämpfen sich ehrgeizig und ich denke mir erneut: Das ist das schönste Weihnachten, das ich jemals hatte.

Vor sechs Monaten … etwas engagiert

Ja, ist denn München das Kairo Deutschlands, frage ich mich, als ich am Hauptbahnhof stehe und auf die 52 warte. Eine Freundin meiner Omama lebte jahrelang in Ägypten und erzählt immer so lustige und überhaupt nicht ernst gemeinte Geschichten von diesem »unzuverlässigen, aber liebenswerten Pack«, wie sie die Ägypter ironisch nennt. Sie ist mit einem verheiratet und zwar glücklich und das schon seit 42 Jahren.

»Da kommen die Busse, wann sie wollen«, erzählte sie einmal lachend, »wenn überhaupt.«

Ich stehe seit genau neun Minuten hier, vor sechs Minuten hätte der Bus kommen müssen, wir werden immer mehr, unsere Verunsicherung größer, wie kann das denn sein? Jetzt fängt es auch noch leicht zu regnen an, das nervt!

Um mich abzulenken, überlege ich mir, ein Liebesgedicht zu schreiben, aber ich scheitere kläglich, denn mir fallen nur idiotische Reime zu Paul ein: Saul, Gaul, Raul, Maul, Faul … Der Name Paul verleitet einen echt nur zu Quatsch und Sinnlosigkeit.

Reimen ist sowieso doof, ich mag keine gereimten Gedichte, zumindest keine aktuellen, bei den alten ist das ja in Ordnung. Aber wer liest heute überhaupt noch Gedichte?

Scheinbar schreiben aber viele welche, ich kenne einige Blogs und deren Autoren sind auch in vielen Foren vertreten, in denen Gedichte eingestellt werden …

Der Bus fällt wohl aus und der nächste kommt zu spät, von wegen alle zehn Minuten ein Bus.

Als ich endlich bei Paul ankomme, öffnet Jules die Tür, nur leicht bekleidet, besser gesagt: fast nackt! Bloß ein rotblauer Superman-Tanga, der auch nicht besser aussieht mit dieser Plauze obendrüber, bedeckt das Nötigste.

Ob Jules sich selbst sexy findet? Der wusste doch, dass ich jetzt komme und er mir aufmachen muss, weil Paul noch nicht da ist.

Jules umarmt mich und mir ist das etwas unangenehm, weil ich so viel Haut spüre, schwitzige Haut. Hat er sich gerade selbst befriedigt, als ich geklingelt habe?

Er bittet mich total überschwänglich hinein und meint, ich könne auch in seinem Zimmer auf Paul warten.

Ich sage, ich könnte ja meine Sachen schon bei meinem Freund reinstellen und ein bisschen ankommen.

Doch er schiebt mich bestimmt in sein Zimmer, dabei bin ich noch voll bepackt.

Sein Reich ist total unordentlich, um nicht zu sagen zugemüllt, mit Pizzaschachteln, ausgetrunkenen Pfandflaschen, Dosen und Verpackungen vom Asia-Imbiss und wahrscheinlich vollgewichsten Taschentüchern.

Als ich auf seinen Laptop schaue, springen mir zwei nackte Typen entgegen, die gerade ficken, der eine wahrscheinlich kaum älter als ich. Der andere dagegen ist schon Ende Zwanzig, ein sogenannter Bär, was viel Bauch und viel Körperbehaarung bedeutet.

Mich gruselt es, während Jules mich erwartungsvoll anschaut.

Ich sage, dass ich jetzt definitiv in Pauls Zimmer gehe, er könne sich ja alleine weiter amüsieren.

»Aber wieso?«, fragt er völlig irritiert, »wir können doch nur wichsen, ich will dich gern nackt sehen!«

Ohne ihn anzuschauen, rausche ich an ihm vorbei. Oh Mann! Diese schwule Welt! Das ist doch nicht normal!

Als Paul kommt, erzähle ich ihm aufgeregt diese Geschichte. Er findet es saukomisch und klärt mich darüber auf, dass Jules es scheinbar immer am Anfang versucht, wenn sich so etwas ergibt, aber einmal ein klares Ignorieren, wie ich das gemacht habe, reiche schon aus, dass er es nicht noch einmal probiere. Ihm sei das am ersten oder zweiten Tag auch passiert. Jules sei wirklich harmlos.

»Und Levent?«, frage ich nach, höchst alarmiert von diesen Sitten hier, die mir bislang nicht bekannt waren, auch nach der langen Zeit nicht. Dabei hätte Paul mir von sich aus vom Annäherungsversuch seines Mitbewohners erzählen können.

Nein, Levent würde auf ganz andere Typen stehen, erklärt Paul, der würde bei uns beiden wahrscheinlich keinen hochkriegen.

Ich möchte wissen, wie der Typ Mann aussieht, auf den Levent steht, und Paul meint, dass Levent gegen diese Typen wie ein schmächtiger, untrainierter Junge aussieht, denn er steht auf massige Bodybuilder, was ich faszinierend finde, denn diese Typen finde ich lächerlich hässlich.

Aber Geschmäcker sind halt verschieden. Und auch nicht jeder mag schlanke, nur halbwegs athletische Jungs wie Paul und mich.

***

Paul ist sehr engagiert: Er ist zum Beispiel im Vorstand des Trägervereins des einzigen LesBiSchwulen Jugendzentrums in ganz Bayern, das im Münchner Glockenbachviertel Räumlichkeiten hat. Die sind von der Stadt angemietet und das wird über städtische Mittel finanziert, genau habe ich das nicht verstanden, ich weiß nur, dass die Jugendlichen und jungen Erwachsenen das selbst verwalten. Und Paul eben mittendrin.

Er nimmt mich heute mal mit, damit ich mir es genauer anschauen kann.

Es ist alles nicht ganz so schön, wie man es in diesem schicken Viertel erwarten könnte, das früher als Schwulenviertel galt, aber heute vergleichbar mit Berlin Mitte oder Prenzlauer Berg von eher wohlhabenden Leuten bevölkert wird.

Im LesBiSchwulen Jugendzentrum gibt es neben Büros und einem Besprechungsraum im hinteren Bereich auch einen Bar-Raum mit einer Theke, Hockern und Sitzecken, da kann man trinken und essen. Im Nebenraum lässt sich auf Sofas chillen und ganz außen ist ein großer Partyraum, ebenfalls mit Sofas ausgestattet, aber auch mit einem Billardtisch und man kann auch einen Kicker hineinstellen.

Heute schlägt Paul den anderen vor, eine Theatergruppe zu gründen und immer mittwochs im großen Raum zu proben, wer nicht mitmachen möchte, könne ja im Bar-Raum abhängen.

Paul hat die Hoffnung mit einem regelmäßigen Angebot, das Engagement und Kontinuität erfordert, vielleicht mehr junge Leute anzuziehen, die etwas bewegen wollen.

Vielleicht warten manche Leute nur auf so etwas Festes, um sich zu beteiligen, meint er.

Die anderen sind skeptisch, doch ich finde seine Idee gut. Er möchte so etwas Ähnliches machen wie wir in Kranichstein damals. Wir hatten ja *Romeo und Julia in Kranichstein* gespielt, er möchte *Romeo und Julio suchen ihr Ich* aufführen.

Romeo soll dabei ein Junge aus gutem Hause sein, Eltern Akademiker, reich, weltoffen, Julio dagegen soll ein Migrant sein, vielleicht aus katholischem Haus, Mexikaner oder Kolumbianer oder so etwas, Eltern eher aus ärmlichen Verhältnissen, konservativ. Die beiden sind in unterschiedlichen Cliquen und beide sind jeweils die einzigen Schwulen darin. Die Mitglieder dieser Cliquen sind machomäßig drauf, sehr homophob. So haben die beiden Jungs gleich diverse Probleme.

Paul meint, dass begleitend zu dem Theaterstück auch Workshops stattfinden sollen, in denen man über die Themen Homophobie, Homosexualität und Kultur, das Coming-out in prekären Situationen und Gewalt gegen Homosexuelle miteinander redet.

Natürlich wird dort dann auch die Frage nach der Identität gestellt: Wer bin ich und wer will ich sein: Ein schwuler Türke? Ein peruanischer Deutscher? Ein deutscher Macho?

Wenn man möchte, kann man an diesen Workshops auch teilnehmen, wenn man sich nicht am Theaterspielen beteiligt, was die anderen gut finden.

Sie berichten von schwulenfeindlichen Vorfällen aus der letzten Zeit, mit denen vor allem Jugendliche, die außerhalb Münchens wohnen und nur gelegentlich ins LesBiSchwule Jugendzentrum kommen, zu kämpfen haben.

***

In den Weihnachtsferien waren Paul und ich zwei Wochen am Stück zusammen, jeden Tag. Gut, manchmal haben wir uns kurz getrennt, um uns mal alleine mit Freunden zu treffen. Und wir waren zusammen auf einer sauwitzigen Party im West Germany in der Nähe des Kottbusser Tors in Kreuzberg, einem besetzten Haus, in dem man für wenig Eintritt viele verrückte Leute, Künstler und Designer treffen, und für noch weniger Geld Bier und Wodka Lemon trinken und zu elektronischer Musik tanzen konnte.

Einige Frauen liefen mit angeklebtem oder angemaltem Schnurrbart durch die Gegend, à la CocoRosie, einer coolen amerikanischen Mädchenband, dazu trugen sie weiße, weit geöffnete Blusen – man konnte die schwarzen BHs darunter erkennen – untenrum dann dunkle Männerhosen und schicke schwarze Schuhe. Einige Männer trugen dafür Lippenstift und hochhackige Damenpumps, gerne in knalligem Rot, und dazwischen turnten die üblichen Hipster-Verdächtigen herum.

Die Party machte uns allen großen Spaß, vor allem Fabian, der ohne Lara unterwegs war, und der von einer dieser androgynen Versuchungen mit dicken Titten und männlichem Gebaren angemacht wurde, die natürlich keine Chancen bei ihm hatte.

Paul unternahm viel mit mir in diesen zwei Wochen, machte alles mit, verstand sich mit allen und hatte immer total gute Laune, auch an Silvester, als wir alle bei verschiedenen Leuten in Kreuzberg eingeladen waren:

Fabian und Lara bei Freunden aus unserer Klasse, Aris, der Schulsozialarbeiter aus Kranichstein, bei Künstler-Freunden in seinem Alter, Paul und ich bei Freunden von Paul.

Es war, glaube ich, das schönste Silvester meines Lebens. Wegen Paul natürlich, aber auch wegen Fabian und natürlich Aris – wir trafen uns alle um Mitternacht an der Admiralbrücke, sahen uns dort das schöne Feuerwerk an, tranken miteinander und knuddelten immer wieder, Dinge sagend wie: »Schön, dass es dich gibt!«

Danach schleppte uns Aris zu einer lesbisch-schwulen Party in den Südblock nicht weit vom Kotti entfernt. Da tanzten wir alle bis morgens und tranken noch ganz viel.

Aris erzählte mir, dass er in zwei Monaten nach Schöneberg zieht, weil er dort einen Job angenommen hat. Er wird bei MANEO arbeiten, dem schwulen Anti-Gewalt-Projekt am Nollendorfplatz. Aber nur noch halbtags, da er ansonsten Kunst machen will.

»Kunst?«, fragte ich ihn.

»Ich male«, lächelte er, »du musst dir mal meine Bilder anschauen, wenn ich in deiner Nachbarschaft wohne.«

Ich nickte und wunderte mich mal wieder über ihn. Seine schwulen Freunde schmachteten uns als »junges Gemüse«, an und rissen Witze über »Frischfleisch«. Wir fanden das komisch, Paul und ich.

***

Meine Cousinen Elisa und Anna sind Bekannte von Paul, Freundesfreunde sozusagen – und nur den beiden verdanke ich, dass ich ihn überhaupt kenne.

Jetzt, da ich häufiger in München bin, treffen wir uns gelegentlich, um gemeinsam auszugehen, ich habe mich ja schon immer sehr gut mit ihnen verstanden.

An diesem Samstagabend gehen wir gemeinsam auf eine Fete von Mitschülerinnen von ihnen, die Paul auch kennt. Praktisch ist, dass auch sie in der Nähe des Goetheplatzes wohnen, wir also hinlaufen können und vor allem keinen allzu weiten Weg nach Hause haben werden.

Friederike und Merit sind Zwillinge, witzigerweise sehen sie aus, als wären sie Schwestern von Elisa und Anna. Alle vier sind sie gertenschlank und stylish, alle vier tragen coole, teure Markenklamotten, deren Preise man ihnen deutlich ansieht. Sie tragen auch alle eine ähnliche Frisur, fast wie abgesprochen, ein Pony wie es in den Fünfzigern und Achtzigern im Trend war – und aktuell auch wieder ist. Auch sonst sehen sie ein bisschen wie die jungen Frauen in *Grease* aus, mit ihren gepunkteten oder geblümten

Kleidchen, in weniger knalligen Farben als im letzten Jahr, eher schick und trotzdem ein wenig trashig.

Friederike und Merit tragen die obligatorischen Nerd-Brillen, die ihnen allerdings nicht besonders gut stehen. Sie wohnen bei ihren Eltern, die gerade auf einer Reise sind, sturmfreie Bude also.

Ich liebe es, durch fremde Wohnungen zu gehen, und sie mir anzuschauen. Besonders wenn es ein Altbau ist und so riesig wie dieser hier. Im Flur kann man Bowling spielen, so lang und breit ist er, und neben den vier großen Zimmern, Bad und Küche, kann man vom Esszimmer in eine weitere Etage gehen, in der weitere Räume zu finden sind; ein Gästezimmer, ein Arbeitszimmer, ein kleines Fitnessstudio, eine Sauna und ein großer Whirlpool in einem riesigen Bad.

Wir befinden uns aber alle im unteren Bereich, die Zwillinge haben keine Lust, noch mehr aufzuräumen, als sie es wahrscheinlich ohnehin schon tun müssen.

Ich stelle mir vor, wir würden während der Party saunieren und im Whirlpool baden, wie cool wäre das denn!

Paul erzählt mir, dass seine Eltern nicht nur eine Sauna, sondern auch ein Schwimmbad haben.

»Warum war ich dann noch nie bei deinen Eltern?«, frage ich, »ich sauniere und schwimme sehr gerne.«

»Weil ich da nicht mehr wohne. Aber wenn sie das nächste Mal weg sind und du in München bist, dann wohnen wir da mal ein paar Tage. Wird cool.« Er lächelt mich süßlich an.

Ich würde am liebsten sofort aufbrechen, ich weiß gar nicht, ob das »normal« innerhalb einer Beziehung ist, lieber mit dem Partner alleine zu sein, anstatt großartig mit anderen zu feiern – oder ob das daran liegt, dass wir eine Fernbeziehung führen und uns so selten sehen können.

Ich bin zwei Abende hier in München und beide Abende verbringen wir mit anderen. Selbst den Tag haben wir mit Henriette und Martha aus dem LesBiSchwulen Jugendzentrum verbracht, wir waren Kaffee trinken und haben stundenlang diskutiert.

Auf dieser Party haben scheinbar alle ein iPhone samt Internet Flat, und so knipsen sie andauernd Fotos, die sie sofort auf Facebook stellen, um jedem zu zeigen, wie viel Spaß sie gerade haben und mit welchen coolen Freunden sie unterwegs sind.

Alle anderen, die das gerade sehen, sollen wohl denken: »Mist, ich gehöre nicht dazu, Scheiße Mann!« Oder?

Manchmal mache ich das ja auch, aber in diesem Moment denke ich: Muss man denn sein ganzes Privatleben preisgeben? Muss man überall und jederzeit erreichbar sein und mitteilen, was man wie und wo tut? Keine Ahnung, wo der Gedanke herkommt.

Eigentlich schaue ich mir auch gerne Partypix von anderen an, fast täglich sogar – und denke tatsächlich oft: Oh, die haben so viel Spaß und ich gerade nicht!

Aber vielleicht haben die auf den Fotos in Wahrheit überhaupt keine schöne Zeit, sondern tun nur so als ob, um sich und den anderen etwas zu beweisen. So erscheint es mir nämlich bei diesen Leuten hier: Sie lächeln nur, wenn das iPhone auf sie gerichtet ist, sonst schauen sie eher trübe aus der Wäsche.

Paul macht mir einen Gin Tonic, hier gibt es tatsächlich den Tanqueray No. TEN und nicht den billigen Fusel aus dem Aldi wie bei uns in Berlin bei Partys. Aber ich finde das gut, denn dieser teure Gin Tonic schmeckt wirklich gut, das muss ich zugeben.

Paul und ich versuchen, mal mit jedem ins Gespräch zu kommen, alle tun ganz aufgeschlossen und so als wäre es das normalste auf der ganzen Welt, dass sie mit einem schwulen Pärchen reden.

Ich würde gerne wissen, ob sie das wirklich denken oder hinter unserem Rücken über uns tuscheln. Ich kann das nicht einschätzen, noch nicht. Es ist ja auch egal, es ist selbstverständlich für uns und das sollte es für andere ebenfalls sein. Nur ist es nach wie vor seltsam, wenn man miteinander redet und der andere möchte sagen: »Ey, das ist voll schwul!« Und dann beim schwul abbricht und einen anschaut und sagt: »Äh sorry, ich finde Schwule cool, ich wollte nicht …«

Getrunken wird auf jeder Party, gekifft auch, also ist das hier auch normal, aber als ich gerade bei Elisa und Anna stand, kam ein Typ vorbei und fragte, ob sie mit ins Bad wollten.

Sie verneinten höflich, dann schaute er mich an und nickte mir zu, doch weil ich nicht wusste, was mich da erwarten würde, wollte der am Ende etwa Sex, egal mit wem, schüttelte auch ich den Kopf, schaute dann meine Cousinen fragend an.

»Koks«, flüstern sie mir zu. Koks? In unserem Alter? Nicht, dass ich das nicht auch aus Berlin kennen würde, vor ein paar Monaten habe ich auf einer Party mit Leuten geredet, die Heroin nehmen, aber muss das sein?

Vor solchen Drogen habe ich viel zu viel Respekt. Was da alles passieren könnte! Nein, das ist mir zu viel, das brauche ich nicht.

Nicht nur wegen des Typen mit dem Koks bin ich froh, dass wir nicht allzu lange auf der Party bleiben müssen. Endlich sind wir bei Paul zu Hause, endlich alleine.

Das ist das Schönste: zusammen im Bett zu liegen und einzuschlafen. Und am nächsten Tag lange im Bett zu bleiben, endlich, nur wir beide, nur meine liebster Paul und ich.

Ich genieße das, es kommt ja auch viel zu selten vor. Einfach kuscheln, an nichts denken, nur den anderen spüren. Sich geborgen und wohlfühlen beim anderen, sich fast schon als eine Person fühlen, die man natürlich niemals sein kann, wir haben immer noch zwei Köpfe, zwei Körper, aber in diesen Kuschel-Momenten fühle ich mich wie in einer Symbiose.

Wir frühstücken im Bett und bleiben da noch stundenlang. Wir schauen uns Videos auf YouTube, Dailymotion und Vimeo an, wir schauen uns *Gallows* von CocoRosie an. Es erzählt eine wunderbar altmodische Geschichte über eine verbotene Liebe mit schrecklicher Konsequenz, denn der wunderschöne Protagonist muss für eine Tat sterben, die er nicht begangen hat, und die zwei Frauen, die ihn lieben, Zwillinge, sind ihm in den Tod vorausgegangen.

Anschließend zeige ich Paul das Coldplay-Video *The Scientist*, das rückwärts läuft und todtraurig ist. Zuerst sieht man den Sänger auf einer Matratze liegen, dann wird alles zurückgespult und man sieht, wie er einen Unfall hat und die Frau an seiner Seite mit voller Wucht durch die Vorderscheibe fliegt …

»Vermisst du mich manchmal?«, frage ich auf einmal schüchtern.

»Natürlich vermisse ich dich, Jonas, ganz oft, jeden Tag ein bisschen mehr«, antwortet er zuckersüß.

»Ist das wahr?«, frage ich ihn ungläubig.

Anstatt eine Antwort zu geben, küsst er mich ganz lange und leidenschaftlich.

»Manchmal stehe ich morgens auf und denke: auf nach München, scheiß auf die Schule, es ist viel wichtiger Paul zu sehen. Manchmal liege ich nachts wach im Bett und denke: Ich möchte jetzt mit Paul telefonieren. Aber dann lass ich es, weil ich dich nicht wecken möchte«, flüstere ich ihm ins Ohr.

»Du kannst mich jederzeit anrufen, Tag und Nacht!«, sagt er daraufhin in festem Ton.

»Was machst du, wenn du mich vermisst?«, möchte ich wissen.

»Dich anrufen, dir SMS schicken, Bilder von dir auf dem Mac anschauen, dir eine Nachricht über Facebook schreiben, das weißt du doch«, sagt er lachend und fügt dann neckisch hinzu: »Und manchmal hole ich mir auch einen runter.«

»Paul!«, rufe ich aus.

Er knufft mich. Und ich versuche, meinen Mut zusammenzunehmen.

»Flirtest du manchmal mit anderen?«, will ich wissen, ich spreche ganz leise und behutsam.

»Was bedeutet Flirten? Wenn du meinst, ob ich andere Jungs anschaue und sie eventuell anlächele«, beginnt er in einem spöttischen Ton.

»Ja?« Ich gehe mit der Stimme hoch, sehr hoch sogar.

»Dann ja! Aber wenn du damit meinst, dass ich andere Jungs treffe, dann ein klares Nein.« Ein triumphierendes Lächeln von ihm, als sei das nicht selbstverständlich.

»Keine Dates, während wir zusammen waren?«, hake ich nach.

»Nein, keine Dates«, erwidert er ernst. »Ich liebe dich. Nur dich!«

Jetzt bin ich an der Reihe ihn wild und leidenschaftlich zu küssen. Dann sage ich: »Ich halte es manchmal einfach nicht aus ohne dich …«

Eine kleine Träne perlt über mein Gesicht. Er sieht sie und küsst sie weg.

»Ja, ich weiß, aber bald wohne ich auch in Berlin und dann sehen wir uns ganz oft.« Er streichelt mich, während er das sagt, ganz zärtlich und liebevoll.

Ich fühle mich beruhigt, kuschle mich näher an ihn heran und schließe die Augen.

Als ich die Augen wieder öffne, merke ich, dass wir beide eingeschlafen waren und dass Paul noch immer nicht wach ist. Doch ich muss mich langsam fertigmachen, um meinen Zug nicht zu verpassen. So ein Mist!

Vor vier Monaten ... etwas verwirrt

Wir haben gerade Geschichte und der Lehrer schafft es, die einzige persönliche DDR-Anekdote, die er erlebt hat, bereits zum dritten Mal zu erzählen.

Ich versinke in Gedanken an Paul: Wir haben uns eine Weile nicht gesehen, ich vermisse ihn sehr. Seine Theatergruppe hat die Arbeit begonnen, die Wochenenden sind zunächst also verplant. Sie müssen ja auch die Workshops vorbereiten. Außerdem muss Paul für sein Abi lernen. Und auch ich habe einiges zu tun, mit der Schule, mit meinem eigenen Theaterstück und mit allem anderen, was ich so mache. So vermisse ich ihn sehr, meinen wundervollen Freund – und alle fünf Minuten ärgere ich mich darüber, dass er so weit weg wohnt.

Wieso kann ich nicht einen Freund haben, der näher bei mir wohnt? Einen, den ich jeden Tag sehen kann und der nicht sogar zum Telefonieren oder Skypen zu wenig Zeit hat? Ich vermisse das Kuscheln mehr noch als den Sex. Paul soll mich berühren, mich in den Arm nehmen, mir Liebe schenken ... Oh Mann, ich möchte ihn sofort sehen, jetzt, sofort berühren, jetzt, sofort küssen, jetzt!

Fabian stupst mich an. Ich habe die ganze Nacht nicht schlafen können, Vollmond, und ich bin total gerädert, und vermisse meinen Freund. Das alles sage ich Fabian.

Er blickt zu Lara hinüber und meint, dass er es schon gut habe, manchmal fast zu gut. Es gebe Vor- und Nachteile für unsere Arten von Beziehung. Ob Fernbeziehung wie bei mir, mit viel Sehnsucht – oder so nah wie bei ihm. Er müsste sich zum Beispiel ständig dafür rechtfertigen, dass er neben mir sitzen bleiben möchte und sich nicht zu ihr setze.

Ich muss lachen. Ich würde das auch nicht freiwillig tun. Fabi und ich lenken uns ja schon genug ab, aber wenn ich mir vorstelle, ich würde neben Paul sitzen …

Puh, ich müsste ihn ja ständig anfassen. Und wahrscheinlich hätte ich dauernd einen Ständer.

Als ich später dann, nach der Schule, endlich zu Hause bin, lege ich mich schlafen. Dieses triste Wetter, Dauerregen und kalt, dann der Vollmond – ich bin total kaputt. Ich nicke auch sofort ein. Und träume das erste Mal seit langer Zeit:

Ich stehe auf einer Theaterbühne, alleine, und sage ein Gedicht auf, laut, selbstsicher, souverän. Ich höre ein einzelnes Klatschen, schaue mich verwirrt um, weil ich niemanden vor mir sehe im großen Theatersaal. Das Klatschen kommt näher, von hinten wohl. Ich schaue mich um und sehe Carl, der nur einen knappen Aussiebum-Slip trägt. Er sagt, »So, den ersten Teil hast du bravourös bestanden, jetzt folgt der zweite Teil!«, und kommt auf mich zu …

Das Klingeln meines Mobiltelefons reißt mich aus dem Schlaf.

Carl, denke ich. Was zum Teufel! Wieso träume ich von Carl? Und wieso ist mein bestes Stück so steif?

Das Handy klingelt immer noch, es ist eine mir unbekannte Nummer. Soll ich dran gehen? Ich hasse das, ich telefoniere sowieso nicht gerne, wenn ich nicht vorher weiß, wer dran ist.

»Ich bin es, Carl«, sagt die Stimme am anderen Ende ganz zart und schüchtern.

Oh Mann, Mann, Mann! Habe ich mich gerade verhört? Wie kann das sein? Wieso ausgerechnet jetzt, in diesem Moment?

»Jonas, bist du dran?«, fragt er nun noch unsicherer.

»Äh … ja. Hallo äh … Carl«, stammele ich vor mich hin.

»Jonas?«, sagt er wieder.

»Carl, was gibt es denn?«, möchte ich nun von ihm wissen, mir ist das alles nicht geheuer.

»Also ich wollte fragen … Also, darf … Darf ich dich besuchen? Ich meine, ich … Ich bräuchte jemanden zum Reden.« Er stammelt noch mehr als ich, es ist ihm wohl unangenehm.

»Klar«, sage ich deshalb spontan: »Ich bin zu Hause. Weißt du, wo ich wohne?«

Verdammt, er hat mich echt auf dem falschen Fuß erwischt. Wenn jemand so schüchtern am Telefon ist und mich offensichtlich braucht, kann ich nicht Nein sagen, auch wenn ich es lieber täte.

Dieser Traum und dann dieser Anruf, das ist alles so irreal, so abgefahren! Ich weiß nicht, was ich davon halten soll. Und was soll ich Paul sagen? Soll ich ihm überhaupt etwas sagen? Ich meine, wieso habe ich eigentlich noch nie von Carl erzählt? Das verstehe ich selbst nicht.

Ganz aufgeregt stehe ich auf, laufe in meinem Zimmer auf und ab, und höre wie meine Omama von der Wohnungstür aus ruft: »Ich gehe jetzt. Du musst dich um dein Essen selbst kümmern, du weißt, dass ich heute wieder mein Walking habe und danach esse ich nichts mehr!«

»Ist in Ordnung«, rufe ich zurück, wir sind beide ein bisschen flapsig, seitdem ich ganz hier wohne.

Sie liebt mich, möchte aber auch ihre Ruhe haben. Mir geht es genauso. Daher ist sie ganz froh, wenn wir beide unsere Freiräume bewahren.

Doch ist es gut, wenn ich alleine mit Carl bin? Was möchte er? Was ist mit ihm los? Und warum habe ich ausgerechnet heute von ihm geträumt? Das ist alles so verwirrend. Ich vermisse Paul. Ich erwarte Carl. Scheiße!

***

»Du wohnst also in der schicken Luitpoldstraße, auch noch im schönsten Haus weit und breit«, sagt Carl anstatt einer Begrüßung, als ich ihm die Tür öffne.

Er hat ein hellblaues T-Shirt mit rundem, sehr weitem Ausschnitt an, darüber einen hellgrauen Cardigan, den er allerdings aufgeknöpft hat. Er hat seine weißen Chinos hochgekrempelt, weiße Stoffschuhe an, keine Socken. Das sehe ich alles auf den ersten Blick, obwohl ich total aufgeregt bin.

Mann, denke ich, schaut der gut aus heute. Und er weiß das ganz genau.

»Darf ich reinkommen?«, fragt er ironisch.

Wo ist nun seine Unsicherheit geblieben, die er noch am Telefon zur Schau getragen hatte, frage ich mich, während ich ihn hinein bitte. Ich führe ihn in mein Zimmer, das er eingehend mustert.

»Interessante Auswahl«, kommentiert er die auf dem Boden liegenden Bücher. Ich war am Freitag in der Bibliothek und habe mir ganz viele Bücher ausgeliehen, ich hätte meine Tasche fast gecrasht.

Er schaut auf mein zerwühltes Bett, dann auf das Sofa, das unter den Klamottenbergen fast nicht mehr sichtbar ist.

»Darf ich mich auf das Bett setzen? Oder stört dich das?« Er lächelt mich an und zieht dabei die Augenbrauen hoch.

Ich frage mich, ob ich ihn immer schon so sexy fand oder ob das an dem Entzug von Kuscheln und Sex in letzter Zeit liegt, der mir gerade zu schaffen macht.

»Mich stört es nicht, wenn es dich nicht stört«, entgegne ich ihm.

»Warum sollte es mir etwas ausmachen?«, schmunzelt er vergnügt.

Ja, da hat er recht. Wieso habe ich nicht aufgeräumt? Ich war so aufgeregt, so verwirrt, ich habe noch nicht einmal daran gedacht.

Er zieht seine Schuhe und den Cardigan aus, sitzt nun in enger Hose und Shirt mit weitem Ausschnitt auf meinem Bett. Er rekelt sich ganz verführerisch und haut leicht mit seiner rechten Hand neben sich auf das Bett, um mir zu bedeuten, dass ich mich neben ihn setzen soll. Automatisch gehorche ich.

Ich muss endlich die Kontrolle über mich gewinnen, verdammt! In Kranichstein hatte ich gelernt, mich nicht immer von anderen steuern zu lassen und zu wissen, was ich eigentlich will. Wo ist das alles hin?

Im Hintergrund läuft die Platte von Noah and the Whale, die ich sehr liebe. Carl sagt, dass ihm die Musik gefalle.

»Coole Wohnung und coole Gegend hier«, meint er, wahrscheinlich fällt ihm auch nichts Besseres ein.

Ich nicke und denke: Was will er eigentlich von mir? Dann frage ich: »Du bist aber nicht hier, weil du sehen wolltest, wie ich wohne, oder?«

»Und wenn? Wieso sollte ich kein Interesse daran haben, herauszufinden, wie mein liebster Theaterkollege wohnt«, sagt er entschieden.

Mich irritiert das irgendwie. War meine Frage unhöflich gewesen? Ich schaue ihn skeptisch an und er muss lächeln.

»Jonas«, setzt er an, er scheint nun etwas schüchterner. »Sag, wieso wolltest du mich nie treffen? Ich habe dich in letzter Zeit immer mal wieder gefragt. Ich meine, war das nichts: Backstage bei einem Konzert von Clueso? Du liebst doch Clueso!« Er sieht jetzt etwas traurig aus, nicht mehr so souverän wie noch vor zwei Minuten.

Mir fällt keine Antwort ein. Clueso ist super, nur war mir damals mein Besuch bei Paul in München einfach wichtiger.

»Ich möchte dir gerne ein paar Fragen stellen, ernsthaft mit dir reden«, meint Carl, nachdem ich immer noch nichts gesagt habe.

Er schaut mir ganz eindringlich und fest in die Augen, ein sehr langer Blick. »Jonas, ich mag dich wirklich sehr!«

Und ich mag dich, denke ich spontan. Was zum … Es ist ein plötzlicher Impuls, und ohne weiter darüber nachzudenken, rutsche ich näher an ihn heran, nehme ihn einfach in den Arm, tätschle ihn am Rücken.

Dann bricht es aus ihm heraus. Er beginnt zu weinen und hört gar nicht mehr auf damit.

»Carl, was ist denn nur los mit dir?«, frage ich ihn verwirrt.

»Mein Vater wird mich umbringen«, schluchzt er und ich verstehe gar nichts mehr.

Schweigend versuche ich Carl zu trösten, liege mit dem Rücken ans Kopfende des Bettes gelehnt, meine Arme habe ich um Carl gelegt. Ich warte auf eine Erklärung, während sich Carl an meine Brust anschmiegt.

Es tut gut, seinen Körper so nah zu spüren, seinen Duft einzuatmen, trotz Paul. Paul ist nicht da. Und ich bin da für Carl – er ist mein Freund, oder?

Nun beginnt er zu reden, erzählt flüsternd davon, wie er im letzten Sommer das erste Mal das Gefühl hatte, auf Jungs zu stehen, damals, als er mit seiner Freundin im Schwimmbad war und sie ihm ihren schicken Zwillingsbruder vorgestellt hat. Er war nicht verliebt oder so etwas, aber er erwischte sich immer wieder dabei, dem Jungen dorthin zu schauen, wo man als Junge anderen Jungs normalerweise nicht hinschaut: auf die schön gestählte Brust, auf den Po und schließlich auf die Beule in der Badehose. Und der Anblick gefiel ihm.

Doch was sollte er machen? Er wartete ab. Sagte nichts. Machte nichts.

Aber das schlimme war eben, dass er schwule Freunde hatte, die ihn manchmal zum Ausgehen mitnahmen, wobei er merkte, dass er Lust hatte, den einen oder anderen Jungen zu küssen. Er tat es nicht, im Gegenteil, er musste immer wieder von seinen Freunden zu hören bekommen, dass es ja so schade sei, dass er nicht schwul sei, er könne hier jeden haben.

Und dann, fragte er sich, und dann? Was würde passieren? Er konnte das nicht tun, sein Vater ist der konservativste Mann der Welt. Er geht jede Woche zur Kirche, welcher Berliner macht das, vor allem: Welcher reiche und erfolgreiche Typ macht das? Sein Vater hatte sogar schon eine Privataudienz beim Papst, das sage doch schon alles.

Zuerst möchte ich etwas antworten, doch dann denke ich: Nein, lass ihn reden, bis er aufhört, bis er dich etwas fragt.

Kaum habe ich das gedacht, verpasst Carl mir einen Schock, indem er plötzlich sagt: »Ich liebe dich, Jonas!«

Er dreht sich, sieht hoch zu mir, ist mir ganz nah, so nah, dass er mich küssen könnte, wenn er es wollte.

Dann fängt er wieder zu weinen an. Verdammte Scheiße! Ich weiß nicht, was ich tun soll, wenn jemand weint.

»Ich weiß, dass du einen Freund hast«, schluchzt er. »Ich weiß aber auch, dass du mich magst. Sehr magst. Umso schlimmer ist das alles für mich«

Woher möchte er das wissen, dass ich ihn sehr mag? Wie sehr glaubt er denn? Wieder muss ich an den Traum denken: Carl. Verwirrung. Sehnsucht. Anziehung.

»Du fühltest dich von Anfang an zu mir hingezogen, Jonas«, meint er ganz überzeugt – und erwischt mich damit wirklich auf dem falschen Fuß.

Woher will er das wissen? Soll das wieder anfangen, dass alle mir vorschreiben wollen, was ich denke und fühle, wie damals in Kranichstein? Das ging mir dort auf die Nerven und das tut es nun auch. Er soll seinen Mund halten. Und mich, verdammt noch mal, nicht so verführerisch anschauen.

Mir ist ganz heiß und ich weiß nicht, was ich antworten soll: Einerseits ärgert es mich, dass er so etwas sagt, andererseits trifft er damit wohl ins Schwarze, denn zumindest in diesem Moment möchte ich ihm am liebsten einfach bloß die enge Hose, in der sich eine wirklich große Beule abzeichnet, ausziehen.

»Aber Paul!«, sagt eine innere Stimme. Treue, Paul treu sein. Triebe, geil auf Carl sein, Fremdgehen …

Carl kommt mir näher, ich spüre seinen Atem, er drückt seine Lippen auf meine, sie öffnen sich wie von selbst, seine Zunge berührt sie vorsichtig, es prickelt, es macht mich heiß, unsere Zungen bahnen sich ihren Weg, spielen miteinander. Ich spüre Carls Harten in seiner Hose, der sich gegen meinen Körper presst, plötzlich seine Hand zwischen meinen Beinen …

Auf einmal bin ich wieder bei mir, keine Ahnung, ich nehme meine ganze mentale und physische Kraft zusammen und schubse ihn von mir weg. Einfach so!

Er schaut mich verwundert an – und auch verletzt.

»Tut mir leid, Carl! Vielleicht gehst du jetzt besser!«, sage ich entschieden. Aber mein Widerstand bricht gleich wieder ein, als er erwidert:

»Darf ich noch bleiben? Bitte. Ich … Mann! Muss ich mich dafür entschuldigen, dass ich dich liebe? Muss ich mich dafür entschuldigen, dass ich Sehnsucht nach dir habe? Dass ich dich spüren, berühren, küssen möchte?«

Irgendwie ist das süß. Irgendwie mag ich ihn für seinen Mut. Und irgendwie bin ich leider vergeben.

»Carl, jetzt versteh doch!«, sage ich verzweifelt.

»Aber du willst es doch auch!«, erwidert er und hat gar nicht so unrecht damit. Doch es geht nicht. Das sage ich ihm auch.

Er möchte trotzdem bleiben, mit mir reden, mich fragen, wie es bei mir war mit dem Coming-out, was meine Eltern sagen, meine Oma, meine Freunde, und ich erzähle ihm die ganze Geschichte, lang und ausschweifend, während er sich wieder an mich lehnt und mir zuhört.

Es ist in Ordnung für mich. Ich möchte es sogar, möchte ihm nahe sein, nicht nur in Gedanken. Verdammt, was ist das nur? Ich weiß nicht, was ich denken soll.

Also, denke ich gar nichts, sondern sage Carl, er solle mit meinem Mac die Bowerbirds auf Spotify suchen.

Und dann liegen wir beide ausgestreckt auf dem Bett, aneinander gekuschelt. So wie ich das bisher nur mit Paul gemacht hatte. Es fühlt sich gut an, ich denke nach wie vor nichts, wir schweigen, während unsere Hände zu wandern beginnen.

Doch dann hören wir, wie die Wohnungstür in Schloss fällt, und meine Omama ruft, dass sie wieder da ist.

Carl springt wie von der Tarantel gestochen auf, fragt: »Soll ich gehen?«

»Lass uns was essen gehen!«, antworte ich und er lächelt glücklich.

»Ein Freund ist hier«, rufe ich meiner Omama entgegen, die allerdings schon an der Türe klopft und sie dabei gleich öffnet.

Wenn Paul nicht da ist, kann ja nichts passieren, wird sie sich denken. Wenn sie wüsste …

»Hast du denn gegessen, Jonas? In der Küche sieht es nicht danach aus!«, meint sie.

»Wieso? Sieht es in der Küche aus wie auf einem Schlachtfeld, wenn Jonas gegessen hat?«, lacht Carl.

»Omama, das ist Carl, er spielt mit mir Theater«, stelle ich ihn ihr vor.

Er gibt ihr die Hand und sagt fast schon überhöflich: »Sehr erfreut.«

Omama nickt lächelnd. Sie schaut ihn an und sagt dann streng: »Sorg dafür, dass er was Anständiges isst. Seitdem er die Proleten in Kranichstein kennengelernt hat, würde er am liebsten ständig Fastfood essen. Bäh!«

»Ja wohl!«, macht Carl, »der Herr Enkel kriegt einen Salzburger Rindsbraten mit Semmelknödeln und Salat im Gustav!«

»Igitt!«, rufe ich aus, während Omama lacht und meint: »Ja, das muss er essen!«

Im Gustav ist alles total entspannt zwischen Carl und mir, wir können richtig viel Spaß haben, stundenlang miteinander reden. Das letzte Mal habe ich mich so gut unterhalten, als … Als ich das letzte Mal Paul gesehen habe. Das ist jetzt vier Wochen her. Mein Gott, Er fehlt mir so sehr!

Carl tut mir heute gut, trotz des ganzen Auf und Ab. Diese Nähe, nicht alleine zu sein.

Carl schlägt vor, zum Odeon Kino zu gehen, um *Alice im Wunderland* auf Englisch anzuschauen.

Ich stimme zu und so laufen wir da hin und ich denke die ganze Zeit, dass ich gerne Händchen halten würde, so als wäre er Paul. Das finde ich merkwürdig. Was ist nur los mit mir?

Carl lächelt die ganze Zeit – und als das Licht endlich aus ist im Kino, kuschelt er sich an mich. Mir gefällt das, ich genieße es, denn es fühlt sich so aufregend und schön an wie der erste Kinofilm mit Paul.

Nach dem Film bringt mich Carl ganz Gentleman nach Hause und verabschiedet sich mit einem Kuss auf meinen Mund, der unheimlich prickelt.

Während er rückwärts läuft, verabschiedet er sich und sagt leise, dass es ein wunderschöner Tag gewesen sei.

Ich winke ihm zu und denke: Ja, es war wirklich ein wunderschöner Tag!

Doch als ich wieder in meinem Zimmer bin, schaue ich auf mein Mobiltelefon, das ich vergessen hatte mitzunehmen. Drei Anrufe und zwei SMS von Paul. Schnell rufe ich zurück.

Er sagt, dass er sich Sorgen gemacht habe, wofür ich mich entschuldige und erkläre, dass ich mit einem Freund aus dem Theater essen und im Kino war.

Ach so, meint er dann bloß, ohne Argwohn oder Eifersucht zu äußern. Stattdessen will er wissen, ob es schön war, was ich gegessen und geschaut habe.

Ein bisschen berichte ich, erzähle dabei so wenig wie möglich von Carl, nenne nicht einmal seinen Namen, so als ob ich Angst hätte, dass der Abend dann seinen Zauber verlieren könnte.

Außerdem habe ich jetzt wirklich ein schlechtes Gewissen Paul gegenüber, der berichtet, was er jetzt alles weiß.

Lernen sei manchmal schon sehr langweilig, meint er, zumindest, wenn man sich den Lernstoff nicht aussuchen dürfe.

Bin ich fremdgegangen, frage ich mich, während Paul mir von Mathe, dem Arschloch, erzählt. Und was sollte der Kuss zum Abschied?

Ich fühle mich mulmig, aus zwei Gründen: meinem schlechten Gewissen und dem Gefühlverliebt zu sein:

Ja, denn mit Carl fühlte es sich so ähnlich an wie damals, als ich Paul die ersten Male getroffen habe. Und gleichzeitig vermisse ich Paul jetzt, da ich seine Stimme höre, so schrecklich.

Mann, bin ich verrückt geworden? Zumindest verwirrt bin ich. Das fällt auch meinem geliebten Freund auf, der mich fragt, ob etwas los sei.

»Bin nur sehr müde«, flunkere ich. Ihm gehe es genauso, er wollte nur kurz »Hallo« und »Gute Nacht« sagen, meint er, und ich finde das schrecklich niedlich von ihm. Ich mache laute Kussgeräusche und lege auf.

Es ist erst zehn, aber ich beschließe mich bettfertig zu machen, ohne noch einmal ins Internet zu schauen, und schlafe sofort ein … Als ich wieder aufwache, bin ich verwirrt. Und leicht verzweifelt. Denn ich habe wieder von Carl geträumt! Diesmal stand ein Bett auf der Bühne, Carl lag darin, nur mit einem engen Slip bekleidet. Verdammt!

Ich liebe Paul und ich liebe Carl nicht. Es ist drei Uhr morgens und ich frage mich wirklich, was das alles soll.

Ein schlechtes Gewissen habe ich auch, Paul hat das nicht verdient – und Carl hat das alles ebenfalls nicht verdient.

Ein schlechter Mensch bin ich, völlig triebgesteuert und verwirrt! Ich rege mich über Afyon und Jules auf, weil sie kaum Hemmungen haben, dauernd an Sex denken, darüber reden und es machen, doch ich bin kein bisschen besser! Denn das Schlimme daran ist, dass der Traum von Carl auf seine Art sehr schön war, ich merke, dass mein Schwanz feucht und dick ist.

Langsam wandert meine Hand zu ihm, dann umschließe ich den Schaft, rede mir ein, dass ich das nur mache, damit ich danach wieder schlafen kann, während ich mir einen runterhole …

Doch natürlich kann ich auch danach nicht schlafen, ich wälze mich im Bett herum, meine Gedanken springen hin und her: Paul und Liebe. Carl und Anziehung. Fremdgehen. Wollen, können, dürfen. Treue …

Inzwischen ist es vier Uhr morgens und ich frage mich, ob ich Paul von Carl erzählen soll, frage mich, ob ich Carl wieder auf Abstand halten kann.

Paul hat mich nicht verdient, überlege ich, denn ich bin ein schlechter Mensch: Ich denke an andere Jungs, ich kuschele sogar mit ihnen, von Carl habe mich küssen lassen, auf den Mund, und ich habe den ganzen Abend so genossen.

Was soll ich tun, verdammt?! Schwul sein ist schwer, eine Beziehung zu führen ist schwer – vor allem, wenn es die erste ist und eine Fernbeziehung. Vielleicht liegt es daran. Das ist einfach so schwer, wenn der andere so weit weg ist, ich bin wohl nicht der Typ für so etwas.

Mann! Es wird Zeit, dass Paul hierher zieht, wenn ich es nicht bis dahin vermasselt habe, ich dummes Arschloch!

Ich stelle mir vor, wie verletzt Paul wäre, wenn er wüsste, was ich heute gemacht und gefühlt habe. Gleichzeitig blitzt dabei immer wieder Carl in meinen Gedanken auf. Das ist doch alles verrückt!

***

Früh aufstehen, in die Schule gehen: Ich hasse es! Wenigstens sehe ich Fabian gleich, ihm kann ich alles erzählen, er kennt mich am besten von allen Menschen auf der Welt! Außerdem kennt er Paul, er kennt Afyon, und Carl kennt er auch von Partys, weil Laras ältere Schwester in seiner Klasse ist.

Erstaunt hört Fabian mir zu und muss dauernd Schwulenwitze machen, so nach dem Motto: »Wie ihr immer rangeht!«

Ich entgegne ihm, er solle mich nicht in irgendwelche Schubladen stecken, ich sei nicht so wie die, die er meint.

Er lächelt süffisant und merkt an, dass ich ihm in letzter Zeit nur noch Geschichten erzähle, die er so nur aus Schwulenfilmen kenne.

»Ach ja«, frage ich empört, »und woher kennst du so viele Schwulenfilme?«

»Schaue ich nur wegen dir an«, sagt er lachend, »Recherche sozusagen.«

Er schlägt vor, dass wir uns die Schule für den Rest des Tages schenken, und stattdessen mit einem Sixpack im Mauerpark chillen gehen.

Gesagt getan, ich bin sowieso viel zu gerädert und unkonzentriert.

Es ist Frühling in Berlin, unerwartete 22 Grad, wir haben Shorts und T-Shirts an und lassen uns von der Sonne bescheinen, während wir unser Bier trinken, wir haben uns überlegt, doch zwei Sixpacks zu besorgen, sicher ist sicher.

Ich merke, dass ich völlig durcheinander bin – sind das Hormone oder so etwas?

Noch immer plagt mich das schlechte Gewissen Paul gegenüber und gleichzeitig stiere ich den Jungs in den kurzen Hosen hinterher, bewundere ihre Beine.

Ein paar Typen spielen ein paar Meter vor uns Fußball, die Mitglieder der einen Mannschaft haben die T-Shirts ausgezogen, etwas übertrieben zwar, aber ein erregender Anblick.

Fabian lacht mich aus und fragt mich, was mit mir los sei – so kenne er mich ja gar nicht. Ich stammele etwas vor mich hin und dann sagt er ganz fachmännisch:

»Alles klar, das ist der Sexentzug! Man kann es zwar alleine auch machen, aber wenn man erst einmalrichtigen Sex kennt, dann befriedigt einen das Rumschrubben nicht mehr so, schließlich kann man sich nicht selbst knutschen.«

Fabian lacht wieder und weiß, dass ich genau so denke wie er, ich muss gar nichts antworten.

Damit er nicht denkt, dass es sich nur um mich dreht, frage ich ihn, wie es mit Lara läuft, ob er mit ihr auch Probleme habe.

Doch bei ihm ist alles cool, sagt er, alles cool. Sex perfekt, Stimmung gut und selbst ihr Gequatsche hält er gut aus. Lachend fügt er hinzu: »Anders als Paul!«

Gut übergeleitet, denke ich.

»Paul ist ein cooler Typ!«, sagt Fabian und fügt dann hinzu: »Vielleicht manchmal zu cool.«

»Wie meinst du das?«, möchte ich wissen, ich bin jetzt ganz neugierig.

»Ja, also ihm ist schon wichtig, dass andere Leute ihn gut finden«, meint er. Er schaut mir in die Augen, herausfordernd?

»Du hast recht. Paul möchte immer gut aussehen, witzig sein, mit seinem Wissen auffallen, das ist schon so. Aber stört es dich? Ich meine, klar, manchmal sage ich ihm auch, dass es reicht, dass er toll ist und es nicht immer jedem zeigen muss.«

Wo kommen diese Worte her, frage ich mich, nachdem ich sie ausgesprochen habe. Ist es jetzt böse, dass ich das gesagt habe? Zuerst gehe ich quasi fremd, dann mache ich ihn noch vor Fabi schlecht, was kommt als nächstes?

Fabian schaut mich neugierig an, versucht herauszufinden, was wohl gerade durch meinen Kopf geht.

»Alles klar, Jonas?«, möchte er dann wissen, immer sensibel, immer einfühlsam – deswegen ist er mein bester Freund.

»Findest du ihn eingebildet?«, frage ich ihn nun, ich möchte darauf wirklich eine ehrliche Antwort haben.

»Manchmal schon. Meistens finde ich ihn klug und witzig und zu dir ist er so liebevoll. Und ich verstehe mich echt super mit ihm und mag ihn total. Nur manchmal lässt er schon heraushängen, dass er älter und cooler als wir ist.«

Freunde sind da, um sich die Wahrheit zu sagen, ich schätze das sehr an Fabian, der gerade versucht abzuwägen, wie seine Meinung bei mir ankommt.

Ich nehme ihn spontan in den Arm und bedanke mich bei ihm dafür, dass er mein Freund ist.

Er tätschelt mich am Rücken und sagt, dass er auch sehr froh ist, dass wir uns so gut verstehen.

»Paul ist so straight, möchte seine Ziele erreichen, er möchte was werden. Manchmal denke ich, dass ihm unsere Beziehung gar nicht mehr so wichtig ist, wie sie es noch vor ein paar Monaten war.«

Es tut gut, endlich meine geheimen Gedanken loszuwerden, sie laut zu hören und herauszufinden, wie wahr sie sich anhören. Und vom besten Freund gesagt zu bekommen, was er davon hält.

Fabian nickt, also kann er mich wohl sehr gut verstehen und glaubt vielleicht auch, dass dem so ist.

»Ich schätze ihn auch so ein. Er hat sein Abi, er hat seine Projekte – und ihr wohnt halt wirklich weit auseinander. Ich bin mir total sicher, dass er dich noch genauso liebt, und wenn ihr beide in Berlin wohnen würdet, dann wäre das alles ganz anders. Aber es ist, wie es ist.«

Kaum hat Fabian seine Gedanken ausgesprochen, fühle ich eine ganz starke Sehnsucht nach Paul. Ich liebe ihn. Ich denke an ihn.

»Hey ihr beiden«, höre ich eine Stimme, die wie aus dem Off klingt. Wahrscheinlich weil der junge Mann hinter meinem Rücken steht, Fabian kann ihn dagegen sehen.

»Was willst du denn hier?«, fragt mein bester Freund unwirsch, während ich mich rumdrehe und einen Moment brauche, um zu kapieren, um wen es sich handelt.

Carls Gesichts zeigt ob Fabians Ansage eine Mischung aus Wut, Trauer und Unglaube. Und ich bin einfach nur verwirrt, auch weil er mir selbst mit diesem Gesicht gefällt! Gerade noch voller Sehnsucht nach Paul und jetzt …

»Störe ich euch beide etwa?« Seine Stimme klingt gepresst, sein Blick fixiert mich, meinen besten Freund beachtet er gerade nicht.

Ich kann nicht antworten. Fabian muss das für mich übernehmen.

»Carl, wir wollten gerade etwas unter vier Augen besprechen. Okay?« Sein Ton ist fest und entschieden.

»Ach so«, meint Carl nun versöhnlich: »Darf ich mich in einer halben Stunde zu euch setzen? Dann lerne ich erst noch ein wenig fürs Abi und trinke dann ein Bier mit, also wenn ich darf.«

Bevor Fabian irgendetwas Schroffes sagen kann, antworte ich fast schon liebevoll: »Klar, Carl, und wenn du gut voran kommst, gerne auch in einer Dreiviertelstunde. Wir sitzen hier noch länger.«

Er nickt, lächelt dabei total niedlich und läuft davon. Er trägt heute eine sehr kurze Hose, seine Beine sind lang und sehnig …

»Jonas!«, zischt mich Fabian ungläubig an, als Carl weit genug weg ist, er hat genau gesehen, wie ich meinen Kollegen aus der Theatergruppe gemustert habe.

»Er läuft barfuß!«, erwidere ich, als wäre das eine Rechtfertigung für irgendetwas. Fabian sieht mich verwirrt an.

»Fabian, er ist schon sexy. Oder?« Meine Stimme wird ganz sehnsüchtig.

»Sexy? Keine Ahnung! Und du willst erst seit gestern wissen, dass er in dich verliebt ist? Das ist doch aus hundert Metern Entfernung zu sehen.«

»Glaubst du, dass ich diese Gefühle erwidere?«, frage ich, ich bin ganz verwirrt, nehme mehrere große Schlucke aus der Bierdose. »Du bist rattenscharf auf den, lieber Jonas!«, sagt Fabian lachend.

»Und jetzt?«, frage ich verzweifelt.

»Und jetzt solltest du dich fragen, wie es sein kann, dass er im Mauerpark ist, wenn wir auch da sind«, grinst er.

»Wie? Das ist doch Zufall! Woher sollte er denn wissen …?« Ich meine das ernst.

Er schimpft mich aus, dass ich nicht so unschuldig und naiv tun solle, er nehme mir das sowieso nicht ab.

Als Carl wieder zurückkommt, haben wir beide schon vier Dosen getrunken, Fabian meint, er müsse mal austreten, wahrscheinlich um mich kurz alleine zu lassen, damit ich die Sache mit Carl klären kann. Doch ich weiß gar nicht, was ich sagen soll.

Dann flüstert Carl mir zu, dass er die ganze Nacht nicht schlafen konnte, weil er an mich denken musste.

»Hör auf damit!«, sage ich schnell und er sieht aus wie ein geprügelter Hund. Also entschuldige ich mich sofort und erinnere ihn daran, dass ich mit Paul zusammen und glücklich mit ihm bin.

»Du hast Gefühle für mich!« Er schaut gleichzeitig wütend und traurig aus.

Oh Mann, ich habe Gefühle, ich bin rattenscharf auf ihn. Aber es geht nicht! Es geht nicht! Ich sage nur: »Es geht nicht, Carl.«

Als Fabian zurückkehrt, tun wir beide so, als wären wir ganz normale Freunde und hätten über das Wetter geredet. Ich wusste nicht, dass ich so gut umschalten kann.

Fabian schaut uns misstrauisch an, er weiß es besser. Doch nachdem wir auch noch ein fünftes Bier gezischt haben, sind wir beide angetrunken und finden alles cool und witzig, auch die Geschichten, die uns Carl auftischt.

Irgendwann später liegen wir auf der Wiese und schauen alle drei in den Himmel und reden über unsere Zukunft.

Ich liege in der Mitte und zwischendurch streichelt der rechts von mir liegende Carl meinen Arm, nimmt meine Hand und hält sie fest …

»Fahrt doch an Ostern zusammen weg, Paul und du«, schreit Fabian plötzlich auf. Er findet seine Idee super.

Carl lässt sofort meine Hand los, schuldbewusst setze ich mich auf.

»Tolle Idee, ich schreibe ihm gleich eine SMS«, töne ich, weil ich vor Carl doch auch gar nichts anderes sagen kann. Er darf nicht wissen, dass ich keine Sekunde an Paul gedacht habe, während wir gerade auf der Wiese lagen, sondern nur seine Nähe genossen habe.

»Paul kann ja seine Lernsachen mitnehmen und ich ein paar Bücher, wir chillen einfach, Hauptsache zusammen sein«, rufe ich gespielt freudig erregt, während ich Paul schreibe, dass ich ihn liebe, bald sehen und unbedingt mit ihm wegfahren möchte.

***

Mein schlechtes Gewissen erreicht neue Dimensionen, als Paul mich am frühen Abend anruft und erzählt, dass er die letzten Tage auch schon über einen gemeinsamen Urlaub nachgedacht habe, und witzigerweise gerade in dem Augenblick, in dem ich die SMS geschrieben habe, eine Reise nach Lissabon entdeckt habe.

»Im Sommer fliegen wir ans Meer, aber jetzt können wir uns ja erst einmal eine Stadt anschauen«, meint er und ich stimme ihm zu.

Mir steigen Tränen in die Augen, vor Rührung, weil ich spüre, dass er mich vermisst, Zeit mit mir verbringen will, eine schöne Zeit, und ob meines schlechten Gewissens, denn während er sich Gedanken und Mühe für mich macht, habe ich mit Carl im Mauerpark Händchen gehalten.

Ich bin ein Scheiß-Freund, denke ich, ein verdammter, dummer und vor allem böser Scheiß-Freund!

»Ist alles in Ordnung?«, wundert sich Paul, weil ich nun wirklich weine.

»Ja, ich flenne doch immer, wenn du mit mir redest«, schniefe ich.

»Ach ja, weil ich so böse bin?« Er lacht.

»Ich bin gerührt, sonst ist da nichts«, erwidere ich.

***

Ich beschließe, Carl aus dem Weg zu gehen. Ich werde keine Anrufe mehr entgegennehmen, die Nummer ist ja nun bekannt, und ich werde mich keinesfalls mehr mit ihm treffen. Unsere Schulen sind auch in entfernten Kiezen, unsere Wohnungen sowieso. Und auch im Theater würden wir uns zunächst nicht sehen müssen, denn bis nach den Osterferien sind keine Termine mehr angesetzt.

Um ihm nicht unverhofft zu begegnen, treibe ich mich die nächsten Tage nur in Schöneberg herum, wenn ich ausgehe. Einmal treffe ich mich mit Fabian auf einen Kaffee, an einem anderen Tag, als wieder so schönes Wetter ist, treffen wir uns im Rudolph-Wilde-Park. Sonst spielen wir bei mir zu Hause Wii.

Mit Fabi ist es entspannt, wir können auch nebeneinander sitzen und lesen, und wenn einer von uns beiden zu lachen anfängt oder auch ein eher trauriges Gesicht macht, fragen wir einander, was der andere gerade gelesen hat.

Sämtliche Anrufe von Carl ignoriere ich, die vielen SMS, die er schickt, lösche ich ungelesen – und fühle mich dabei mies.

Wir kaufen uns gerade Schawarma im Habibi in der Goltzstraße, und ich erzähle Fabian gerade wie dumm ich mir vorkomme, weil ich jetzt sowohl gegenüber Paul als auch gegenüber Carl ein schlechtes Gewissen habe, da steht Carl plötzlich vor uns.

»Na, ihr zwei! Störe ich euch?«, fragt er mit provozierendem Unterton und finsterer Miene, bevor er sich an mich wendet: »In letzter Zeit mal auf dein Handy geschaut?«

In diesem Moment wirkt er alles andere als attraktiv auf mich, doch ich kann ihn auch verstehen: Ignoriert zu werden ist hart, aber ich habe einen Partner, was Carl immer wusste. Und, verdammt noch mal, es ist ein Zeichen, wenn man nicht reagiert!

»Verpiss dich doch endlich, Carl!«, erwidert Fabian ruhig, aber bestimmt.

Mir tut Carl leid, warum nur? Doch dieses Gefühl zerplatzt gleich, als er daraufhin völlig ausrastet. Er tritt den Aussteller des Habibi um und schreit dabei: »Ihr seid solche Arschlöcher!«

Noch erschreckender ist nur, dass er dann ganz plötzlich wieder total ruhig wird. Er dreht sich einfach um, so als ob nichts gewesen wäre, und schreitet Richtung Winterfeldtplatz.

Fabi schaut mich an, ich schaue ihn an, wir sind beide verwirrt.

»Was war das denn?«, sage ich, als erster die Stimme wiederfindend.

»Oh, Scheiße!«, stöhnt Fabian. »So reagiert nur jemand, der total verliebt ist und der es nicht gewohnt ist, etwas nicht zu bekommen.«

»Es wäre alles nicht so schlimm, wenn ich nicht dazu beigetragen hätte«, stimme ich traurig ein. »Scheiße, Mann!«

Doch Fabian sagt, dass ich Carl ausreichend signalisiert hätte, dass aus uns beiden nichts wird, und dass er keinen Grund hätte, mich zu stalken.

»Stalken?«, hake ich nach, immer noch an ein zufälliges Aufeinandertreffen glaubend.

»Montag im Mauerpark war er ja auch nur zufällig da! Und jetzt am frühen Abend hat er nichts Besseres zu tun, als in Schöneberg rumzulaufen? Jonas!«

Ich muss ihm recht geben, es ist schon sehr unwahrscheinlich, dass es sich bei der Begegnung um einen Zufall handelte. Carl verfolgt mich. Das ist ein sehr gruseliges und beängstigendes Gefühl.

Fabian kann mir auch nicht wirklich gute Ratschläge geben, wie ich mich verhalten soll.

Ich beschließe, mich demnächst einmal mit Aris zu treffen und mit ihm darüber zu reden. Doch ich verschiebe es auf die Zeit nach dem Osterurlaub mit Paul.

Vor dreieinhalb Monaten ... etwas verurlaubt

Die ganze Nacht wälze ich mich im Bett herum, kann nicht schlafen – ich habe Reisefieber! Paul neben mir wacht auf, kuschelt sich an mich und fragt, ob ich aufgeregt sei.

Ich nicke. Es ist unsere erste Reise und mir geht es sowieso vor jedem Urlaub so, auch mit meinen Eltern früher. Wenn ich erst einmal angekommen bin, dann geht es mir gut und ich kann alles genießen, aber bis ich am Urlaubsort bin, sterbe ich mehrere Tode.

Paul meint, dass er mir eine Beruhigungstablette geben könne, überrascht schaue ich ihn an, weil ich mich frage, wie er zu so etwas komme. Er zuckt nur mit den Achseln und sagt kichernd: »Meine Mudda!«

Erst will ich keine nehmen, doch als ich schließlich am nächsten Morgen aufstehe und noch aufgeregter bin, beschließe ich doch eine zu nehmen und werde endlich ruhig.

Wir fliegen von München ab und ich musste erst einmal mein ganzes Gepäck von Berlin nach München transportieren. Ich habe aber alles dafür getan, möglichst wenig mitzunehmen, zum Beispiel habe ich mir einen iPad von meinen Eltern schenken lassen, damit ich keine Bücher brauche. Das ist schon sehr praktisch.

Bei den Klamotten habe ich mich ebenso zurückgehalten, ich kann mir ja in Lissabon etwas kaufen, sicher gibt es da ganz coole Läden.

Trotz Tablette kriege ich nichts herunter beim Frühstücken, mir ist immer noch ein wenig mulmig, und dafür lacht mich Paul aus, typisch er. Ich werde mich schon noch an ihm rächen.

Wir hatten uns lange nicht gesehen, fünf Wochen war mein letzter Besuch her – nicht dass wir uns entfremdet hätten, aber es war schon etwas merkwürdig, ihn gestern wieder zu sehen und zu berühren, ihn zu spüren. Und dann kommt auch noch mein schlechtes Gewissen dazu:

Ich kann ihm doch nichts von Carl erzählen. Ich meine, wenn er mir so etwas erzählen würde, bräche für mich eine Welt zusammen, vielleicht würde ich so etwas gar nicht erst wissen wollen, keine Ahnung.

Zählt das bisschen Kuscheln und der harmloser Gute-Nacht-Kuss vor meiner Tür als Fremdgehen? In Gedanken bin ich sicher fremdgegangen, aber zählt das?

Wie würde er sich fühlen, wenn ich ihm das erzählte? Paul, der immer so cool ist, so witzig, so souverän, Paul, der mich liebt, der immer für mich da ist.

Ich kann es ihm nicht erzählen. Er wird keinen Unterschied zu vorher merken, denke ich, ich werde ihm beweisen, dass ich ihn mehr liebe denn je, da bin ich mir sicher.

Und ich beschließe, dass ich alle diese Gedanken nun wegschieben würde, sie werden hier bleiben, so wie Carl in Berlin, während Paul und ich nach Lissabon fliegen werden. Alles wird gut, denke ich mir, alles.

***

Paul hält meine Hand, lächelt glücklich, während wir in der S-Bahn Richtung Flughafen sitzen. Ich hatte fast schon vergessen, wie liebevoll, wie herzlich und einfühlsam er sein kann. »Was denkst du gerade?«, fragt er mich leise.

»Dass ich vergessen hatte, wie wundervoll du bist!«, sage ich lächelnd und augenzwinkernd.

»Wie wundervoll bin ich denn?«, möchte er nun wissen und zeigt mir seinen schönsten Augenaufschlag.

»Vom Boden bis hier hin«, sage ich und hebe meine Hand so weit ich kann nach oben, bis es weiter nicht mehr geht.

Er lacht und hakt dann nach: »Und im Ernst?«

»So wundervoll, dass ich es wirklich schwer finde, dich fünf Wochen nicht zu sehen. Irgendwie bin ich nicht für Fernbeziehungen geboren.« Ich schaue ihn dabei traurig an und habe auch ein wenig Angst, dass er jetzt nicht mehr so verständnisvoll reagiert, doch ich täusche mich. Er nimmt mich in den Arm.

»Schau mal, Jonas, in drei Monaten wohne ich in Berlin, dann sehen wir uns bestimmt jeden Tag, oder? Drei Monate, das ist so bald!« Er streichelt mir den Rücken, das mag ich sehr gerne.

Alles ist gut jetzt. Wir sind gleich am Flughafen, Paul und ich lieben uns, wir werden eine schöne Woche in Lissabon verbringen, werden uns sehr nahe sein.

Alles, was in Berlin passiert ist, wird Vergangenheit, denke ich und ärgere mich, dass ich doch noch einmal daran gedacht habe.

Als wir einchecken wollen, zunächst am Automaten, ist alles doch sehr viel komplizierter als gedacht. Eigentlich sollen diese Dinger ja alles vereinfachen, aber dann kommt man damit nicht zurecht und braucht letztendlich länger.

Ein junger Mann, dunkle Haare, groß, athletisch, hilft uns beim Drücken der richtigen Knöpfe, er flirtet dabei mit Paul und ich werde sofort eifersüchtig, weil Paul unentwegt lächelt. Ja, ausgerechnet ich werde eifersüchtig.

Wer weiß, was er so in München treibt, wenn ich nicht da bin, denke ich auf einmal, doch es ist nur ein flüchtiger Gedanke, der genauso schnell wieder verschwunden ist, wie er aufgetaucht ist.

Und auch der Typ widmet sich nun wieder anderen Leuten, während mich mein Freund süffisant anlächelt.

»Hübscher Kerl«, sagt er augenzwinkernd, und ich bin kurz davor ihn zu treten.

Ich sage ihm, dass er ihn ja gerne fragen könne, ob er mitmöchte nach Lissabon.

»Was? Mit dem willst du einen Dreier?«, fragt Paul lachend.

Und ich gebe es auf, in der Hinsicht ist er mir echt überlegen, da zeigt sich seine Souveränität wieder. Aber wenn er darüber lachen kann, dann weiß ich, dass er mich nur ein bisschen provozieren wollte.

Er flüstert mir ins Ohr, dass er mit niemandem lieber nach Lissabon möchte als mit mir. Das glaube ich ihm. Und ich bin froh, dass es niemanden gibt, mit dem ich lieber dorthin fliegen möchte als mit ihm.

***

Die Tage in Lissabon sind einfach wunderschön, dabei erleben wir gar nichts Besonderes oder ganz viel, je nachdem, wie man es nimmt, denn für mich ist es etwas Besonderes und einfach traumhaft 24 Stunden am Tag mit Paul zusammen sein zu können.

Wir chillen hauptsächlich. Jeder Tag beginnt gleich: Wir gehen in den El Corte Inglés, kaufen uns ganz viele tolle Sachen aus dem großen Lebensmittelfeinkost-Sortiment, und suchen uns einen Park zum Picknicken aus.

Unser klarer Favorit ist der Jardim da Estrela, der relativ klein ist, aber da fühlen wir uns am wohlsten. In Lissabon frühstücken ganz viele Leute im Park und wir kommen uns schon ein bisschen wie Einheimische vor, das ist schön.

Natürlich schauen wir uns auch den Parque Eduardo VII an, der im gleichen Distrikt wie unser Hotel liegt. Die Sonne scheint, wir können in kurzen Klamotten rumliegen und uns bräunen lassen. Wir haben immer unsere Bücher bzw. das iPad dabei und lesen entspannt.

Zwischendurch holen wir uns spottbilligen Kaffee und trinken ihn genüsslich.

Wenn wir dann das nächste Mal Hunger haben, schauen wir in unseren Reiseführer und entscheiden uns für ein Restaurant und schlemmen.

Danach verdauen wir beim Sightseeing. Wir schauen uns Museen an, Kirchen, wir besuchen das Palácio de São Bento ebenso wie das Mosteiro dos Jerónimos, das in der Nähe eines schönen Parks ist. Das Castelo de São Jorge sehen wir nur aus der Ferne, von einer Aussichtsplattform in der Stadt, allerdings sind wir beide nicht ganz schwindelfrei.

Nach dem Sightseeing fahren wir gelegentlich an den Tejo, setzen uns in die Abendsonne, schauen auf den großen Fluss, es ist fast wie am Meer.

Auf dem Rückweg ins Hotel holen wir meistens noch was im Corte: Knabbereien, Alkohol, wir stehen beide auf Portwein, auch wenn wir beide maximal zwei kleine Gläser davon vertragen. Und ich kaufe mir immer eine spezielle Limonade, die ich in Deutschland sicherlich sehr vermissen werde: Zitrone mit Pfefferminze, ungewohnt, aber so lecker.

Als wir an diesem Abend ins Hotel zurückkommen, treffen wir auf einen Angestellten, der uns neugierig beäugt. Er steht an der Tür und hält sie uns auf, sein Kollege an der Rezeption ist gerade vertieft. Er telefoniert, vermutlich mit seiner Freundin oder seinem Freund, so glückselig wie er schaut.

Der Türaufhalter ist groß und dunkelhäutig, gut gebaut und sehr attraktiv, sein Lächeln entblößt wundervolle Zähne. Vielleicht ist er Student, vielleicht modelt er nebenher. In jedem Fall ist er wirklich sehr schön, zeitschriftenschön.

Er spricht uns auf Englisch an, meint, dass wir schon früh ins Hotel kommen, fragt, ob wir später noch ausgehen wollen.

Ich schüttele den Kopf, Paul antwortet, dass wir sehr müde vom Sightseeing seien.

Der Typ meint, dass er nach seinem Dienst nichts vorhabe, und zwinkert uns zu.

Paul lacht, während ich dumm aus der Wäsche schaue.

Mein Freund reagiert wieder mal ganz souverän, wünscht ihm einen schönen Abend, egal, was er tue, und zwinkert zurück.

Der Hoteltyp hat einen süßen Akzent im Englischen, er sagt: »Ja, mal sehen, was mir noch einfällt, was ich tun könnte«, und lächelt dabei sehr anzüglich.

Als wir in unserem Zimmer sind, legen Paul und ich uns in Unterhosen auf das Bett, öffnen eine neue Flasche Portwein, nehmen unsere Gläser, die für das Zähneputzen gedacht sind, und prosten uns erst einmal zu.

»Hätte ich ihm sagen sollen, dass wir ihn nach seinem Dienst bei uns erwarten?«, fragt mich Paul auf einmal neugierig.

»Wie bitte?«, schreie ich und pruste dabei den Portwein aus, zum Glück nur auf mich selbst. Paul schleckt es sofort von mir ab.

»Lass mich!«, rufe ich aus, aber es kitzelt so, dass ich dabei lachen muss.

»Na, er sah doch sehr sexy aus, oder?«, provoziert mich mein Geliebter weiter.

»Redest du etwa von einem Dreier?«, möchte ich nun im Ernst wissen.

»Wir sind im Urlaub … Wir könnten etwas Neues ausprobieren. Erfährt ja keiner. Und wir werden ihn nie wiedersehen, oder?«

Er scheint gerade keinen Witz zu machen. Ich beobachte ihn genau, doch er zuckt weder mit den Augenbrauen, noch mit den Schultern.

»Ja, was denn? Kann ich doch mal fragen!« Jetzt zuckt er doch mit den Schultern.

»Hattest du schon einmal einen Dreier?«, möchte ich wissen.

»Nein«, antwortet er blitzschnell. »Du?«

»Natürlich nicht!«, antworte ich empört. Paul lacht und erzählt dann: »Mein Ex-Freund hat mich zwei oder drei Mal gefragt. Ich reagierte auch empört darauf, wollte es natürlich nicht. Erst später erfuhr ich, dass er es dann eben ohne mich gemacht hat.«

»Was soll mir das sagen? Dass du in München den Dreier mit anderen nachholen möchtest, wenn ich jetzt nicht mitmache?« Habe ich das jetzt gesagt? Ich lächle souverän und schaue ihn provozierend an.

Paul wundert sich. Er schmiegt sich nun wie so ein Kätzchen an mich heran.

»Mich würde es schon einmal interessieren, Jonas«, sagt er dann, »das heißt jetzt gar nicht, dass du mir nicht reichst oder so, ich finde dich genauso sexy wie bei unserem ersten Treffen …«

»Aber?«, frage ich leicht gereizt, wieder der alte, unsichere Jonas.

»Bei meinem Ex hatte ich immer das Gefühl, dass ich ihm nicht genüge. Das Gefühl habe ich bei dir nicht. Und ich hoffe, dass du weißt, dass ich nur mit dir zusammen sein möchte, mit niemandem sonst. Da könnte ein Francisco Lachowski vorbeikommen und ich würde sagen: Nein, danke!«

Er lächelt mich an, schaut dabei ganz verträumt. Ich nicke, sage aber nichts dazu.

»Du kennst Francisco?«, möchte er wissen.

»Ja, ich kenne ihn. Erstens ist er das hübscheste Model auf der Welt und zweitens ist er nicht gay!«, sage ich nun prahlend.

»Woher …?«

»Lieber Paul, ich kann genau sehen, was du so auf Facebook treibst. Wenn du Bilder von ihm likest, sehe ich das genauso.« Ich grinse und denke mir: ein Triumph! Er ist gerade so klein mit Hut.

»Bist du denn eifersüchtig?«, fragt Paul nun unsicher.

»Aber nein«, sage ich nun augenzwinkernd, »mit dem können wir einen Dreier machen.«

»Echt?«, ruft er überrascht aus.

»Klar. Aber ich denke mal, dass das nicht so schnell passieren wird.«

Wir lachen beide, doch dann diskutieren wir das Thema Dreier doch noch eine ganze Weile.

Paul versucht mir zu versichern, dass es nicht in seinem Kopf herumspuke, aber dass ihn das einfach mal interessiere, und wenn die Gelegenheit komme, wieso denn nicht?

Der Kompromiss, auf den wir uns schließlich einigen, ist: Okay, wenn es sich einmal durch Zufall ergibt, aber nicht bevor wir mindestens drei Jahre zusammen sind. Das Merkwürdige an der ganzen Sache ist, dass ich gar nicht sauer oder so etwas bin. Irgendwie kann ich diese

Neugier verstehen. Wir sind jung. Wir wollen etwas ausprobieren, das ist doch ganz normal.

Aber dann geht es mir plötzlich nicht mehr so gut, weil mir Carl einfällt, den ich die ganze Zeit über total vergessen hatte.

Paul fragt nach, was denn los sei, doch ich sage nur: »Nichts, nichts.«

Doch die Wahrheit ist, dass ich plötzlich ein Bild vor Augen hatte, wie wir zu dritt auf diesem Bett lagen: Carl, Paul und ich. Und oh Mann! Immer wieder …

Mein Schwanz wird dick und Paul braucht nicht lange, um das zu bemerken und mir die Shorts vom Leib zu reißen … Es ist unser heißester Sex seit Langem.

***

Die Zeit ist natürlich viel zu schnell vergangen, doch nachdem wir nach einem stressigen Rückflug endlich unser Gepäck haben, wollen wir sowieso nur noch zur S-Bahn-Station und nach Hause fahren.

Neben uns stehen ein paar Jungs, die auch gerade aus dem Urlaub zurück sind, vermutlich Ballermann, so wie sie aussehen. Sie sind alle in unserem Alter, mit Jägermeister-Blumenketten behangen, haben sehr kurze Haare, athletische Körper, tragen grellbunte Shirts, Shorts und Flip-Flops, dabei hat es hier in München gerade höchstens siebzehn Grad.

Die Jungs haben Flaschen in der Hand, Alkohol aus dem Duty Free Shop, den sie gleich wegkippen, als würden sie den Ballermann nach München oder vielleicht auch in die Dörfer in der Nähe Münchens, so wie die aussehen, bringen wollen.

»So sehen Sieger aus, schalalala, so sehen Sieger aus, schalalalalalala«, grölen sie vor sich hin.

Wieso ist weder Paul noch mir ersichtlich. Wir wollen nur noch ins Bett und sind etwas genervt von denen.

»Schaut mal, zwei kleine Schwuchteln!«, ruft plötzlich einer von ihnen aus.

Die anderen stimmen ein neues Lied an: »Schwule Mädchen, Sondereinheit, schwule Mädchen, Kampfeinsatz, schwule Mädchen an jeder Ecke, schwule Mädchen in deiner Stadt«, singen sie im Chor das Lied von Fettes Brot nach. Sie kommen uns dabei näher, tanzen uns an.

Es ist uns beiden unangenehm, aber wir wissen nicht, was wir tun sollen. Sie umringen uns jetzt, wir könnten noch nicht einmal fliehen, wie denn auch mit unserem ganzen Gepäck. Einer von ihnen berührt mich an der Wange, streichelt sie und sagt: »Na, hast du Bock auf mich?«

Paul möchte seine Hand wegschlagen, doch er wird nun von drei der Jungs festgehalten.

»Du bist eine süße Schwuchtel«, spricht der Typ weiter, er ist etwas größer als ich und schaut mich nun mit glasigen Augen an, die böse funkeln.

»Gefalle ich dir?«, möchte er wissen.

Was soll ich tun? Ich weiß es nicht, also reagiere ich nicht. Das scheint ihn zu reizen. Er nimmt meine Hand und steckt sie sich unter sein T-Shirt.

»Ist doch geil, oder? Ich habe einen geilen Body, was? Den willste haben, ne?« Die anderen johlen begeistert, während Paul schreit, dass sie uns in Ruhe lassen sollen und sie selbst die größten Schwuchteln seien. Das kommt aber nicht gut an.

»Dein kleiner Freund greift mir an den Schwanz, siehst du das, du hässliche Tunte?« Dabei nimmt er tatsächlich meine Hand und schiebt sie in seine Shorts.

»Die Tunte greift ihm an den Dödel«, kreischen die anderen begeistert, während der Typ nun Anstalten macht, mich auf die Knie drücken zu wollen: »Komm, ich seh doch, dass du ihn lutschen willst!«

Ich bin starr vor Angst, höre nur noch wie durch eine Wand Paul immer lauter schreien.

Gott sei Dank schalten sich noch rechtzeitig andere Leute ein. Mehrere Männer haben sich schnell zusammengeschlossen und gehen auf unsere Angreifer zu.

»Lasst die beiden in Ruhe, ihr Drecksäcke, sonst gibt es aber richtigen Ärger!«, knurrt einer, der groß wie ein Baum ist und mit seinem Glatzkopf und seinen Tattoos richtig gefährlich aussieht.

Die Jungs lassen uns sofort in Ruhe und versuchen die Männer zu beschwichtigen. Sie gehen zurück zu ihrem Gepäck und sind plötzlich ganz leise.

Dann kommt ihre S-Bahn und sie steigen hastig ein, ohne uns oder unsere Helfer noch eines Blickes zu würdigen. Erst als die Türen zu sind, zeigen sie uns kollektiv den Mittelfinger und grinsen hämisch.

Der Glatzköpfige fragt mich, ob alles wieder okay ist. Ich bejahe und bedanke mich ganz oft bei ihm.

»Passt schon«, sagt er, und geht mit den anderen Männern wieder seiner Wege.

Wir bleiben geschockt zurück. Paul nimmt mich in seine Arme.

Seit dem einen Mal in Kranichstein, als der Superfußballer Ismet – eine türkische Version dieser Assis – mich aufmischen wollte, ist mir so was nicht mehr passiert. Ich dachte immer, so etwas kommt in Großstädten längst nicht mehr vor.

Mir geht es total beschissen. Paul tröstet mich. Aber ich fühle mich gedemütigt und dreckig und wertlos, meinem Freund geht es nicht besser. Er macht sich Vorwürfe, dass er mich nicht beschützt hat.

Nun tröste ich ihn, sage ihm, dass er nichts gegen diese sechs durchtrainierten, besoffenen Sportler-Assis ausrichten konnte. Wenn es weniger gewesen wären, aber so … Wir umarmen uns ganz lange, weinen beide.

Als die nächste S-Bahn kommt, die wir nehmen können, steigen wir erschöpft ein. Wir schweigen beide vor uns hin, wir wissen nicht, was wir jetzt noch reden könnten.

Heute Morgen, denke ich, in Lissabon, war alles noch so schön gewesen. Und jetzt das, nur wegen solcher Assis.

Vor drei Monaten ... etwas terrorisiert

In den letzten Tagen habe ich viel über die Zeit nachgedacht, seit der ich weiß, dass ich schwul bin. So vieles habe ich durchgemacht:

Vieles war schön, meine Beziehung mit Paul zum Beispiel, sie war das Beste, was mir passieren konnte, einiges war gar nicht so schwierig wie zuerst gedacht, mein Coming-out bei meiner Familie und meinen Freunden, auch in meinem Gymnasium war das überhaupt kein Thema, aber manches Erlebnis, das mit meiner Homosexualität zusammenhängt, war auch sehr unerfreulich.

Ich wünsche niemanden den Ärger, den Afyon mit seinen Eltern und vor allem mit seinem Vater hatte. Erst in Berlin erfuhr ich ja das wahre Ausmaß, das man Demütigung und Folter nennen kann. Das machte meine erste Liebe zu einem Erlebnis, das mit viel Stress und Ängsten verbunden war.

Was mich auch nicht so glücklich macht, ist diese ständige Hypersexualisierung in unserer Gesellschaft, die vor allem bei Schwulen sehr ausgeprägt ist:

Offene Beziehungen, Darkrooms, Fetischpartys, Cruising-Areas, Gayromeo, ein Mitbewohner meines Freundes, der mit mir Sex haben möchte, mein Ex-Freund, dem es nicht komisch vorkommt, neben mir im Internet Pornos anzuschauen und sich dabei einen runterzuholen.

Doch vor allem dieses eine Erlebnis in München macht mich tatsächlich unglücklich.

Nicht dass ich das Schwulsein jetzt nicht mehr offen ausleben will. Ich bin schwul und bin grundsätzlich glücklich damit – vor allem liebe ich Paul mehr denn je. Aber auf diese Weise in der Öffentlichkeit angegriffen zu werden, das war schon sehr krass. Und seit dem Erlebnis male ich mir alles Mögliche aus, was sonst noch hätte passieren können – oder was mir in der Zukunft noch zustoßen könnte. Ich kann Levent immer besser verstehen.

Mich hat die Angst aus München nach Berlin begleitet, nicht einmal mit Fabian traue ich mich zurzeit raus. Ich gehe in die Schule und danach gleich nach Hause. Nicht mal zum Theaterspielen schaffe ich es im Moment, ich habe mich für diese Woche abgemeldet, länger ist es nicht möglich, wir starten gerade unseren Endspurt, im Juni sind die Aufführungen.

Ein Vorteil des Ganzen ist, dass ich deshalb auch Carl nicht schon wiedersehen musste. Wir sind uns seit dem Vorfall vor dem Habibi nicht mehr begegnet.

Ich bin gespannt, wie es nächste Woche sein wird, wenn ich ihn wiedersehe – doch wahrscheinlich hat er sich längst wieder beruhigt und vielleicht sogar schon jemand anderen, denn er hat in der ganzen Zeit auch nicht einmal versucht, sich bei mir zu melden: kein Anruf, keine SMS, keine Nachricht bei Facebook.

Meine Eltern waren über Ostern übrigens auch im Urlaub, sie fliegen schon seit Jahren mehrmals im Jahr nach Teneriffa, haben dort ein Ferienhaus.

Seit letztem Sommer werde ich nicht mehr gezwungen sie zu begleiten, was mich sehr erleichtert.

Meine Mama ruft mich an, um mir zu erzählen, wie es war, und natürlich möchte sie auch wissen, was ich in meinem Urlaub erlebt habe.

Es waren meine ersten Ferien mit Paul, das findet sie natürlich total romantisch und hakt neugierig nach, ob wir auch etwas anderes als unser Hotelzimmer gesehen haben.

»Mama!«, rufe ich sie zur Ordnung. »Also, wirklich, so etwas fragt die Mutter ihr noch nicht volljähriges Kind nicht!«

»Jonas, du bist siebzehn und keine zwölf mehr«, sagt sie lachend und ergänzt: »Ich muss doch auch was davon haben, dass du schwul bist.«

»Was soll das denn heißen?« Ich bin empört.

Sie erzählt mir, wie sie meinen Vater zwei Wochen lang terrorisiert hat: Er durfte nicht arbeiten, nur wandern, am Strand liegen, Ausflüge machen, Schlemmen. Und er hat es durchgehalten.

Ich beglückwünsche sie zu ihrem Erfolg, denn sie versucht das schon seit Jahren, meist erfolglos. Aber die Zeiten ändern sich.

Vielleicht tut es ihnen gut, dass sie jetzt ganz für sich sind, so ohne mich, denke ich mir. Das hat ihnen viel Stress und Druck genommen.

Deswegen erzähle ich ihr auch nichts von meinem Erlebnis mit diesen Arschlöchern in München. Ich wüsste ohnehin nicht, wie ich das beschreiben sollte. Selbst bei Fabi hatte ich so meine Schwierigkeiten.

Viel lieber erzähle ich deshalb meiner Mutter stattdessen, dass ich mir in Lissabon fünf Oberteile, zwei Paar Schuhe und eine Hose gekauft habe.

Sie ist ganz stolz auf mich und sagt, dass ich ganz die Mama sei. Das erheitert mich natürlich.

Nach dem Telefonat schaue ich mir noch einen amerikanischen Film an, eine Komödie, denn ich habe genug gegrübelt in letzter Zeit, ich möchte einfach etwas Lustiges sehen.

Und tatsächlich, das erste Mal seit langer Zeit kriege ich bei einem Film einen Lachflash. Das befreit mich endgültig von meinen schweren Gedanken.

Gutgelaunt mache ich mich bettfertig, schreibe Paul noch eine liebe SMS, knipse das Licht aus und lege mich schlafen. Das Mobiltelefon liegt dabei neben meinem Bett auf einem Nachttischchen, wie immer, denn ich benutze es auch als Wecker.

Gerade als ich meine Augen schließe, höre ich das Kurznachrichten-Signal.

Oh, denke ich erfreut, Paul antwortet sofort, und greife nach dem Gerät.

»Das Licht ist aus! Ich wünsche dir eine gute Nacht! Dein Carl«, lautet die Nachricht.

Oh mein Gott! Ich stürze sofort ans Fenster. Er steht auf dem gegenüberliegenden Bürgersteig und winkt mir fröhlich zu, ich reagiere nicht drauf, bin viel zu geschockt.

Dann dreht Carl sich um und geht davon. Oh Mann, ich weiß gar nicht, was ich denken soll, da kommt auch noch eine SMS von Paul.

»Mein wunderschöner Jonas, ich würde jetzt so gerne neben dir liegen. Komme am Wochenende nach Berlin. Vermisse dich so. Ich liebe dich, Paul.«

Das kann mich gerade nicht aufmuntern, so süß und lieb diese Nachricht ist. Was soll ich tun? Soll ich ihn anrufen? Aber ich kann ihn doch jetzt nicht plötzlich anrufen und ihm von Carl erzählen.

Verdammt! Gerade als ich dachte, die Geschichte sei vorbei und erledigt, kommt so eine Aktion.

Ich frage mich, was sich Carl dabei denkt. Es ist doch gruselig, was er da gemacht hat. Was bezweckt er damit? Möchte er mir Angst machen? Oder denkt er, dass er mich so erobern könnte? Also, ich meine … Das ist doch einfach nur bescheuert. Warum macht er das?

Ich verstehe es nicht und auf einmal frage ich mich, ob Carl jetzt jeden Abend vor meinem Fenster herumlungern wird? Und ob das überhaupt das erste Mal war.

Wieso klammert er sich so an mich? Was findet er an mir? Wieso sucht er sich nicht jemand anderen aus?

So und ähnlich gehen meine Gedanken kreuz und quer, und natürlich kann ich dabei nicht einschlafen, sondern wälze mich stattdessen noch stundenlang rum.

***

Meine Begeisterung, wieder zum Theaterspielen gehen zu müssen, hält sich nach Carls SMS-Aktion vor meinem Fenster in engen Grenzen.

Je näher der Termin rückt, desto nervöser werde ich: Ich kriege Schweißausbrüche, habe Druck auf dem Kopf und einen Kloß im Hals. Ich weiß einfach nicht, wie ich mich nun Carl gegenüber verhalten, wie ich mit ihm in den einzelnen Szenen spielen soll.

Wie oft habe ich schon darüber nachgedacht, einfach aufzuhören, mir eine andere Gruppe zu suchen. Aber der Gedanke, dass ich wieder geprobt habe, um dann vor der Aufführung abspringen zu müssen, ärgert mich zu sehr. Ich möchte endlich einmal ein Theaterstück von Anfang bis Ende durchziehen. Gerade dieses ist so cool, macht so Spaß, machte Spaß, bevor das mit Carl alles verkompliziert hat. Scheiße, Mann!

Noch als ich aus dem Bus aussteige, mich mehrfach umblicke, ob mich jemand von meiner Theatergruppe schon gesehen hat, frage ich mich, ob ich nicht besser wieder umkehren soll, es einfach sein lassen.

Mir ist ganz mulmig zumute, sterbenselend sogar, als hätte ich etwas Schlechtes gegessen, die letzten Tage nicht geschlafen und irgendwelche Drogen eingeschmissen.

Schritt für Schritt, denke ich, lauf einfach, mache einen Fuß vor den anderen, er wird kaum vor den Mitspielern einen Aufstand machen, so ist er nicht – das wäre ihm ja selbst viel zu unangenehm.

Die Schritte werden dennoch immer schwerer, je näher ich dem Eingang komme.

Carlotta taucht plötzlich auf, umarmt mich unvermittelt, sagt mir, dass sie glücklich ist, mich zu sehen. Wir gehen gemeinsam hinein.

Auch von Birte werde ich ungewöhnlich herzlich begrüßt, gedrückt und mehrmals auf dem Rücken getätschelt.

Alle anderen scheinen auch schon da zu sein, wie ich aus den Augenwinkeln sehe. Außer Carl.

Birte erklärt mir, dass sich Carl heute eine Auszeit nehmen müsse. Er sei als erster dagewesen und habe gegen mich gestänkert, meinen Rauswurf gefordert, weil ich jetzt mehrmals hintereinander geschwänzt hätte und auch seinen Wunsch, die Szenen zu zweit, ohne die anderen, einzuüben, barsch abgelehnt hätte.

Sie hatte sich das näher erklären lassen wollen, und dann sei Carl etwas unflätig geworden, habe etwas von »Schwuchtel Jonas« gemurmelt.

Daraufhin habe sie ihm gesagt, dass damit das Gespräch beendet sei und er gleich nach Hause gehen könne.

Ob etwas vorgefallen sei, wir hätten uns doch so gut verstanden, möchte sie wissen.

Da stimmen alle ein: Carlotta sagt, dass sie sogar oftmals gedacht habe, dass Carl und ich eine Affäre hätten, woraufhin Tine und Marie nicken, sie seien eigentlich davon ausgegangen, dass ich mittlerweile sogar fest mit ihm zusammen sei, nachdem sie seine Freundin schon seit Februar nicht mehr gesehen haben, und er mich seitdem bei jeder Probe noch unverhohlener angestiert habe als zuvor schon.

Ich schaue sie verdutzt an, erwidere, dass ich noch nie etwas mit ihm gehabt habe, verbeiße mir allerdings das: »Wie kommt ihr denn darauf?«

Denn das ist offensichtlich, das war ja sogar mir aufgefallen und in bestimmten Maßen gefiel es mir ja auch einige Zeit.

Carlotta sagt nun, dass sie bemerkt habe, dass er beim letzten Mal gereizt auf meinen Namen reagiert und schon da das Wort Schwuchtel verwendet habe.

Birte fragt mich, ob wir unsere Differenzen nicht irgendwie klären können. Sie meint, dass wir beide so wunderbar auf diese Rollen passen und wir bislang immer so ein Dream-Team dargestellt hätten.

Ich nicke. Und verfluche mich selbst. Warum sage ich nichts? Wieso weigere ich mich nicht? Wieso verlasse ich nicht diese Gruppe? Oh Scheiße!

Die Probe rauscht an mir vorbei, ohne dass ich irgendetwas mitkriege. Das Leben könnte einfacher sein. Zwischendurch schaue ich auf mein Mobiltelefon und entdecke eine Nachricht von Carl.

»Entschuldige!«, schreibt er, »Ich wollte dich nicht erschrecken, wollte dich nicht beschimpfen. Ich liebe dich. Aber ich lasse dich jetzt in Ruhe!«

Oh Mann! Ich weiß nicht, was ich davon halten soll. Überhaupt nicht. Ich reagiere also gar nicht darauf, frage mich aber, ob das kontraproduktiv sein könnte: Ärgert er sich dann? Taucht er dann wieder vor meinem Haus auf?

Er tut es nicht, trotzdem schlafe ich die ganze Nacht nicht, wälze mich im Bett, frage mich immer noch, ob ich die SMS beantworten soll und falls ja: wie.

Ich möchte viel lieber über Paul nachdenken, doch Carl nimmt sich den Raum, nimmt meine Gedanken gefangen, und das ärgert mich.

Irgendwann hole ich meinen Mac ins Bett und schaue mir unsere Urlaubsbilder an. Ich habe Paul beim Duschen gefilmt, wie er nackt und mit Ständer aus der Dusche steigt, sich an seinen Schwanz greift und verführerisch schaut.

Das macht mich geil, ich hole mir einen runter. Mein Puls beschleunigt sich, ich stöhne ganz laut, so laut wie schon lange nicht mehr, kurze Zeit vergesse ich alles andere, mein Schwanz pulsiert, und dann spritzt ganz viel aus mir raus, so als hätte ich schon Wochen nicht mehr gewichst und keinen Sex gehabt.

Doch schon als ich das Sperma mit Taschentüchern von meinem Bauch wische, muss ich wieder an Carl denken, und das Hochgefühl verliert sich, wendet sich sogar gegen mich, sagt mir, dass ich ein Arschloch bin, weil ich noch im Urlaub daran gedacht habe, wie es wäre, mit Paul und Carl einen Dreier zu machen.

Und auch wenn er das mit dem Dreier natürlich nicht wissen kann, denke ich in diesem Moment, dass ich nicht ganz unschuldig daran bin, dass sich Carl zurzeit so schräg aufführt: Anlässe zur Hoffnung habe ich ihm schon gegeben.

Das ist alles so krass! Und es überfordert mich. Soll ich ihm schreiben? Soll ich?

***

Ich bin ein Sommermensch. Ich liebe die Sonne und die Hitze, liebe Shorts und Tank-Tops. Ich laufe gerne barfuß und für mich könnte das ganze Jahr über so ein Wetter sein, aber auch der Frühling hat sein Gutes.

So wie heute: Es ist warm, nicht heiß, ein laues Lüftchen weht, es riecht überall nach Blüten. Während ich Musik höre, Arcade Fire dieses Mal, kommt mir wieder Carl in den Sinn.

Vielleicht sollte ich ihm wirklich eine SMS schreiben, eine, die ihn ein bisschen besänftigt und die ihn mir trotzdem vom Leib hält. Doch was schreibe ich da?

Ich lege mich mit meinem Mobiltelefon ins Bett – und da kommt mir die Idee.

»Lieber Carl, ich möchte nicht, dass wir Streit haben. Mir ist das Theaterstück sehr wichtig.« So lautet meine erste SMS.

Umgehend kommt eine Antwort von ihm: »Dann lass uns darüber reden. Ich bin in der Nähe.«

Mann, jetzt gruselt es mich schon wieder, der wird doch nicht unten stehen, oder? Doch ich sehe ihn nicht, als ich aus dem Fenster schaue.

»Nein, Carl! Ich bitte dich darum, dass wir uns erst einmal im Theater treffen und wenn das gut geht, können wir uns auf einen Kaffee treffen. Okay?«

Ich bin ganz aufgeregt und hoffe, dass er darauf eingeht, es wäre zu schön, wenn wir die ganze Sache einfach klären und hinter uns lassen könnten.

»Nur wenn du mir nicht mehr böse bist. Und zugibst, dass du mich magst«, lautet seine Antwort.

So ein raffinierter Kerl! Aber den Gefallen tue ich ihm nicht, ich schreibe sicherlich nicht so etwas wie: »Ich bin dir nicht mehr böse! Ich mag dich!« Das könnte er zu leicht falsch verstehen.

»Alles ist gut!« Das muss ihm reichen. Mittlerweile bin ich so aufgeregt, dass ich fast kotzen muss.

»Ich vermisse dich einfach, Jonas. Ich möchte nicht, dass du böse bist.« Das sind seine Worte.

Sie lassen mich ein bisschen bangen. Muss ich jetzt darauf antworten – und was? Wird er sauer sein, wenn ich nichts antworte?

Ich schicke einfach ein Smiley. Und er schickt eines zurück. Scheint ja in Ordnung zu sein. Endlich! Puh!

***

Meine Omama ist zum Glück an diesem Freitag nicht zu Hause, sie ist ausgeflogen, so sind wir ungestört, Paul und ich, und unsere Begrüßung fällt noch stürmischer aus als das letzte Mal, obwohl wir uns in den Ferien so lange gesehen haben.

Es tut gut, seine Nähe zu spüren, ich fühle mich endlich wieder geborgen, das erste Mal seit Lissabon, als alle Sorgen verflogen waren und ich einfach nur mein Leben genießen konnte.

Er habe sich etwas ganz Besonderes für den Abend ausgedacht, erklärt Paul, die Idee für das Spiel sei ihm bei der Abi-Prüfung in Mathe gekommen. Ich schaue ihn fragend an und er holt ein Spielbrett aus seiner Tasche, ein erotisches Monopoly, so nennt er es.

Es ist nach dem Prinzip des Originals aufgebaut, es gibt Straßen, die allerdings andere Namen tragen, zum Beispiel eine Puffstraße anstatt Badstraße oder die Edelbordellallee anstatt der Schlossallee, es gibt auch eine Reeperbahn und eine Rotlichtmeile. Und vor allem, man muss keine Miete zahlen wie beim Original, dafür muss man eine Aufgabe erledigen, derjenige, der auf diese Straße kommt, muss dem Besitzer etwas Gutes tun, und da es ein erotisches Spiel sein soll, hat es natürlich mit Küssen, Streicheln, Lecken und Ähnlichem zu tun.

Er zwinkert mir zu, es ist eine verrückte Idee, aber auch total niedlich. Und sehr erotisch, sehr sehr erotisch sogar, wie ich bald feststelle. Na ja, und sexuell natürlich.

Paul hat sogar ein paar Sextoys in der Tasche, die er angeblich extra nur für das Spiel gekauft habe.

Ich lache ihn aus, weil ich es ihm nicht glaube, doch er sagt, es sei die reine Wahrheit.

Wir schaffen das Spiel gar nicht zu Ende und ich weiß auch gar nicht, wer geführt hat, irgendwann bin ich so sexuell erregt, dass ich das Spiel vom Bett schmeiße und Paul überrumpele, der das gern mit sich machen lässt.

Vielleicht weil ich bestimmt eine Stunde lang, gefühlte drei Stunden, aufgereizt wurde, ist es der geilste Sex seit Langem, noch toller als der entspannte und befreite Sex im Urlaub …

Vor zwei Monaten ... etwas erotisiert

Es ist Sonntagabend, meine Omama fragt mich, ob ich schon gelernt habe.

»Natürlich«, sage ich, was denkt sie sich? Ich bin zu einem Musterschüler geworden, vor allem weil mich das Lernen von meiner Sehnsucht nach Paul ablenkt.

Später ruft mich Danny an und erzählt den neuesten Tratsch von den Kranichsteinern und von den Vorbereitungen zur Abschlussfeier, die vor allem Shad M. organisiert.

»Was macht denn dein Verehrer so?«, witzelt Danny.

Ich erzähle ihm, dass sich alles sehr entspannt hat in den letzten Wochen.

»Carl und ich sehen uns eigentlich nur noch im Theater, jenseits der Proben beachtet er mich gar nicht mehr«, erkläre ich. »Nächste Woche ist die Generalprobe, und nach dem Trouble, den er das eine Mal geschoben hat, wurde ihm angedroht, daran nicht teilnehmen zu dürfen, wenn er noch mal was Dummes macht. Und damit wären dann auch die Aufführungen passé für ihn.«

»Ach, mein armer Jonas«, kichert Danny: »Zuerst das Coming-out, dann die verbotene Liebe mit Afyon, als nächstes eine Fernbeziehung. Und als wäre das nicht genug, kam dann noch ein rasender Verehrer hinzu.«

»Dazwischen gab es noch einen homophoben Angriff auf mich und Paul am Münchner Bahnhof!«, werfe ich grinsend ein – ich kann es mittlerweile so erzählen, als wäre es anderen passiert, auch wenn das vielleicht gar nicht so gut ist.

Nach dem Telefonat, als ich im Bett liege, denke ich, wie so oft in den letzten Monaten, dass es wahrscheinlich für die meisten Jungs eine Überforderung ist, in die schwule Welt geschmissen zu werden.

Was die Sache mit Carl angeht, da ärgert mich inzwischen am meisten, dass ich am Anfang nichts zu Paul gesagt habe, denn deshalb kann ich es jetzt erst recht. Je länger ich zögerte, desto mehr verbaute ich mir diesen Weg.

Was einfach nur dumm ist, denn hätten wir einmal darüber geredet, wäre die Sache wahrscheinlich längst aus der Welt. Oder zumindest aus meinem Kopf.

***

Nach der gelungenen Generalprobe umarmen wir uns alle, Birte beglückwünscht uns und sagt, wie toll wir waren. Das würde mit Sicherheit die beste Premiere seit langer Zeit werden, sie freue sich schon so sehr darauf.

In unserem Überschwang beschließen wir noch etwas trinken zu gehen, obwohl wir am nächsten Tag in die Schule müssen. Aber wir sind Künstler, denken wir uns alle, und lassen Fünfe gerade sein.

Wir gehen in die Universum Lounge, weil sie am nächsten ist. Die weißen Ledermöbel in dieser Bar und das Teakholz überall sind mir ein bisschen zu schick, das ganze Design hier, das einen Raumschiff-Style haben soll, aber auch das ist Berlin.

Wir trinken Cocktails, reden wild durcheinander und sind einfach gut drauf. Wir beachten die ganzen Schickimicki-Leute nicht, keine Ahnung, was das für Menschen sind, ich war hier noch nie und werde wahrscheinlich auch so schnell nicht mehr herkommen.

Vor der Universum Lounge verabschieden wir uns alle, die anderen sind schnell weg, nur Carl und ich bleiben über. Er schaut mich lächelnd an.

»Ich kann sicher noch nicht schlafen jetzt«, sagt er ganz aufgewühlt.

Ich blicke in sein Gesicht, ich bin gut drauf, trotzdem achtsam, denn ich denke: Nein, du sagst jetzt nichts Falsches, Jonas!

Carl wartet auf eine Antwort, doch ich werde ihm eine andere geben, als die, die er sich gerade erhofft.

»Ach, bis ich zu Hause bin, werde ich wahrscheinlich schon so kaputt sein, dass ich nur noch ins Bett fallen und pennen werde«, sage ich so unschuldig, wie es nur geht.

»Jonas, du hast mir versprochen, dass wir uns treffen, wenn es gut bei den Proben läuft«, quengelt er.

»Klar, machen wir auch. Aber nicht mitten in der Nacht. Okay?«, sage ich sanft, so sanft ich kann.

»Morgen Nachmittag?«, fragt er sofort.

»Gut«, sage ich möglichst fröhlich, »gehen wir morgen in den Volkspark.«

»Yes! Ich freue mich!«, ruft er aus. »Um vier?«

Ich bejahe und sage »Ciao«, möchte in die andere Richtung gehen, zu meinem Bus.

Doch er schreit plötzlich »Halt« und ich bleibe automatisch stehen.

Er kommt mir wieder näher, drückt mich an sich, als er vor mir steht, umarmt mich ganz fest, ich bleibe regungslos.

Ich weiß nicht, ob ich das gerade will, doch er scheint mein Zögern nicht zu spüren.

Zu seinem Abschied küsst er mich auf die Wange – das fühlt sich prickelnd an. Oh Mann, ich bin so bescheuert manchmal!

***

Die Sonne scheint, es sind ein bisschen mehr als zwanzig Grad, und es sind Massen an Menschen im Volkspark. Die meisten liegen in Badehosen und Bikini auf der Wiese, viele spielen Federball oder Frisbee.

Carl wartet schon auf mich. Er liegt auf einer schönen, weich aussehenden Decke, sie ist riesengroß, wir zwei passen locker drauf.

Die Farbe gefällt mir, witzigerweise passt sie zu seinem Outfit, alles Blau-Töne – ob er darauf geachtet hat? Es würde passen, denn auf den ersten Blick sehe ich, dass er sich ganz viel Mühe gegeben hat, denn neben ihm steht eine Kühlbox für Getränke.

Als er mich kommen sieht, lächelt er breit, sagt mir, wie sehr er sich freue, mich zu sehen.

Sehr galant und entspannt, denke ich und erst in dem Moment fällt mir ein, dass man sich, wenn man sich im Park trifft, eine Decke teilt, und dabei nebeneinander sitzt oder liegt. Körperkontakt ist da fast schon Pflicht.

Mist! Oder habe ich unbewusst genau das gewollt?! Keine Ahnung. Wieso sind Menschen so kompliziert?

Carl holt eine Flasche Champagner aus der Kühltasche, Bollinger.

»Bolly, Edina!«, sagt er lachend.

»Bolly, Bolly, Bolly, Patsy!«, stimme ich ein.

»Die Serie *Absolutely Fabulous* ist einfach geil. Die finden ja immer einen Grund Champagner zu trinken, egal zu welcher Uhrzeit. Aber wir haben einen guten Grund. War fantastisch gestern, oder?« Er ist ganz überdreht.

»Na, so lange wir es nicht zur Gewohnheit werden lassen, wie die beiden zu saufen«, erwidere ich augenzwinkernd.

Wir stoßen an und Carl sagt mir, dass er mir etwas erklären möchte, dass er Träume hatte, bevor er geschnallt hat, dass er schwul ist.

Und ich bin ganz gespannt darauf, weil ich auch Träume hatte, damals in Kranichstein.

Carl erzählt mir davon, wie er in mehreren Träumen in die Liebe mit Männern eingeweiht wurde. Er hatte einen wunderschönen Latino namens João als Liebes-Lehrer, ein Sex-Escort der besonderen Art aus Brasilien. Nach ein paar Träumen tauchte ich dann auf, der Brasilianer sagte, dass er Carl auf mich vorbereite.

Ich bin leicht verwirrt, finde es irgendwie aber auch romantisch, wie er mir das erzählt.

»Und diese Sex-Träume hatte ich dauernd. Kannst du mir verzeihen, dass ich dir das erzähle? Ich möchte dir nur begreiflich machen, wie sehr ich mich nach dir verzehre. Ich weiß, dass du einen Freund hast. Es tut mir leid. Doch ich vermisse dich einfach so sehr. Und es ist so schön, wenn du in meiner Nähe bist, es ist so schön, wenn ich dich berühren darf, und wenn es nur eine kleine Umarmung ist. Jonas, ich bin kein böser Mensch, ich liebe dich einfach nur. Was soll ich tun?«

Es ist ein Plädoyer, wie bei einer Gerichtsverhandlung, und ich bin ein Geschworener. Oder sein Richter?

Carl weint. Ich nehme ihn in meine Arme, versuche ihn zu trösten, frage mich aber gleichzeitig, ob ich von allen guten Geistern verlassen bin …

Er weint lange, es muss wohl raus, ich tätschele ihm den Rücken und schaue mich dabei um. Wir werden komisch angeschaut. Das kann ich nur allzu gut verstehen. So lange wir jetzt nicht gedisst oder gar verprügelt werden.

»Was soll ich tun?«, möchte er von mir wissen, dabei frage ich mich selbst, was ich nun tun soll. Das wüsste ich gerne!

Mir gefällt die Geschichte, die er mir erzählt hat, ich meine, andere würden so etwas gruselig finden, vor allem das mit dem Sex – aber Carl wusste, dass er mich mit so etwas kriegt!

Ich hatte solche Träume auch schon, ich weiß, dass man solche Träume haben kann – und es ehrt mich, trotz allem, dass ich das Objekt seiner Begierde bin. Ich bin wohl leicht zu manipulieren, man muss mir nur so eine Geschichte erzählen und mir erklären, dass ich der Traummann schlechthin bin. Dass ich sogar noch attraktiver bin als dieser fiktive João, den er ja in den schönsten Farben beschrieben hat: ein Typ, der wahrscheinlich den Titel des schönsten Mannes der Welt locker gewänne. Und mich findet ein Typ wie Carl noch begehrenswerter. Wer würde da nicht weich werden? Aber ich habe Paul. Und es gibt keine Hoffnung für Carl, nur … Ach verflucht noch eins!

Schließlich mache ich mit Carl aus, dass wir nicht mehr darüber reden werden, dass wir einfach eine schöne Zeit miteinander verbringen, Bolly trinken, über *Ab' Fab'* reden – und die Theater-Aufführungen rocken werden, als Dream-Team.

Carl findet das in Ordnung. Und es macht wirklich Spaß mit ihm. Er ist witzig, kann Edina und Patsy total gut nachmachen, er mag auch die *Gilmore Girls* und hat diese Serie ebenso oft gesehen wie ich.

»Hast du gewusst, dass Emily, Rorys Großmutter, bei *Dirty Dancing* die Mutti von Baby gespielt hat?«

Nein, das wusste ich nicht. Aber es erheitert mich, vor allem weil wir gerade die zweite Flasche Schampus geköpft haben und austrinken.

Carl hat an alles gedacht, in der Kühltasche sind auch ein paar Leckereien: Obstsalat und Schokolade.

Der Himmel sieht sehr schön aus, als die Sonne untergeht. Verschiedene Rot- und Orange-Töne – wenn ich mit Paul da säße, würde ich sagen: total romantisch. Carl findet es auch mit mir total romantisch.

Ich bin betrunken und denke mir nichts mehr dabei. Zum Glück bringt mich Carl später mit dem Taxi nach Hause, wo ich direkt ins Bett falle und einschlafe.

***

Am Donnerstagnachmittag lungert Carl vor meiner Haustüre herum, als ich von der Schule komme. Ich weiß nicht, wie ich reagieren soll.

»Carl«, sage ich eindringlich, »was tust du hier? Das ist gruselig, Carl. Ich möchte nicht, dass du hier vor meiner Haustüre abhängst!«

»Aber du kannst mich auch nicht einfach ignorieren, meine Kurzmitteilungen, meine Anrufe. An einem Tag bin ich dir gut genug, am anderen schaust du mich nicht mit dem Arsch an!«, erwidert er aufgebracht.

Fünf SMS hatte er mir direkt nach dem Abend im Park geschrieben. Eine netter als die andere. SMS-Terror könnte man das auch nennen.

Ich hatte ihm auch einmal zurückgeschrieben, gesagt, dass ich unseren Abend ebenfalls schön fand.

»Ich war in der Schule! Da kann ich wohl kaum deine ganzen Nachrichten beantworten«, rechtfertige ich mich und sage dann: »Und jetzt geh bitte!« Ich lege all den Ernst in meine Sätze, all die Schärfe, die ich ihm auch als Othello im Theater entgegen bringe.

Wir stehen immer noch vor meiner Haustüre, er kommt mir etwas näher, seine Augen funkeln. Dreht er jetzt wieder durch, wie damals vorm Habibi?

Doch er bleibt resigniert stehen, mit Tränen in den Augen fleht er mich an: »Lass mich rein, Jonas. Bitte!«

Ich möchte nicht noch mehr Aufsehen erregen, die Leute bleiben schon stehen und schauen, was da los ist. Ich ziehe ihn am T-Shirt und schubse ihn in den Hausflur, als ich die Tür endlich aufgedrückt habe.

»Und jetzt halte den Mund, bis wir oben sind!«, zische ich ihm zu.

Meine Omama ist da. Als wir hereinkommen, lächelt sie ihn an. Er begrüßt sie mit Handschlag und plaudert gleich nett drauflos, dass er ganz aufgeregt sei, weil die Premiere bald sei.

Omama zwinkert mir zu und unterbricht seinen Redeschwall mit: »Ja ja, der Jonas ist ja auch schon ganz aufgeregt, dann geht mal ins Zimmer und redet darüber. Ich hab zu tun.«

Ich muss grinsen, weil ich weiß, dass Omama Gelaber nicht mag. Gleichzeitig wundere ich mich aber, wie Carl so locker von einem Modus in den anderen wechseln kann.

In meinem Zimmer angekommen, verwandelt sich sein Gesicht schon wieder, genauso seine Stimme, die plötzlich ganz entschieden ist:

»Du kannst nicht an einem Abend mit mir zusammen sein, Schampus trinken, die Welt ist in Ordnung und schön, und danach lässt du mich einfach links liegen. Das möchte ich nicht, das geht nicht, das ist nicht fair!«

»Carl, wir waren nicht zusammen. Ich bin mit Paul zusammen. Es war schön im Park. Es war schön beim Theater spielen. Jetzt versaue es doch bitte nicht!«, erwidere ich so ruhig und bestimmt ich kann.

»Küss mich, dann gehe ich auch gleich!«, säuselt er und legt sich dabei auf das Bett.

»Carl, so geht das nicht! Steh auf!«, raunze ich ihn an.

Er zieht seine Schuhe aus, macht es sich gemütlich auf dem Bett. Bei dem hackt es wohl!

»Carl!«, schreie ich, sicher kommt Omama gleich herein. Und tatsächlich, sie klopft.

»Jonas, ist alles in Ordnung?«, ruft sie durch die Tür.

»Klar, Omama. Wir proben nur ein bisschen für das Theater«, antworte ich Richtung Tür und achte nicht darauf, was Carl macht.

Plötzlich steht er neben mir, er legt seine Arme um mich und dreht mich zu sich.

»Küss mich oder du kannst die Premiere knicken!« Sein Ton ist kühl, drohend, beängstigend.

»Glaubst du, dass du mich so an dich binden kannst, Carl?« Ich schüttele mich, als würde ich mich vor ihm ekeln. Es ist auch so, ja, das ekelt mich, und es macht mir Angst.

Er hält mich nun an meinen Händen fest.

»Carl«, sage ich nun gefühlvoller, »das ist nicht gut, was du machst. Geh jetzt bitte!«

Er lockert den Griff jedoch nicht, er kommt mir näher, drückt seinen Mund auf meinen, ganz fest, versucht seine Zunge in meinen Mund zu bekommen. Doch ich lasse es nicht zu.

Und er lässt mich daraufhin endlich los, nimmt seine Schuhe und geht endlich, ohne noch etwas zu sagen.

Ich bleibe zurück. Traurig. Bedrückt. Wie bin ich nur in diese Situation gekommen?

Ich würde gerne Fabi anrufen, noch lieber Paul, doch ich weiß nicht, was ich sagen soll. Oder besser: Wie das alles erklären?

Vor einem Monat … etwas lampenfiebrig

Wie viel ist passiert, seitdem ich einst mit meinen Cousinen Elisa und Anna im Englischen Garten saß, damals als ich Paul gerade kennenlernte.

In den letzten Tagen ist erneut so vieles geschehen, doch nun liege ich mit Paul im Englischen Garten und denke über all das nach.

Mein wunderschöner und liebevoller Freund hat mir viele Fragen gestellt, denn das Schicksal wollte es, dass meine Premierenfeier auf den gleichen Tag wie sein Abi-Ball fiel. Wir konnten diese beiden für uns sehr wichtigen Ereignisse also nicht zusammen verbringen. Das war für uns beide nicht schön, aber wir wissen, dass das zumindest beim nächsten Theaterstück anders sein wird.

Ich betrachte ihn, wie er mit geschlossenen Augen ausgestreckt auf unserer bunten, weichen Decke liegt. Es ist heiß heute, Paul hat eine schwarze enge Badehose an, ist braun gebrannt vom vielen Lesen und Lernen im Park und an der Isar.

Ich habe ihm auch viele Fragen gestellt: Wieso er nicht zu den anderen Aufführungen gekommen sei, wir haben ja drei Mal gespielt, wieso er sich in letzter Zeit seltener gemeldet habe, wieso wir uns mal wieder so selten gesehen haben?

Sein Abitur, der bevorstehende Umzug, sein Theaterstück. Er hat seine Freunde das letzte Mal getroffen.

Einerseits kann ich das verstehen: Bald können wir uns jederzeit sehen und er ist derjenige, der seine Zelte abbrechen muss. Ich weiß ja, wie das ist …

Paul hat sein ganzes Leben in München verbracht, hat dort sehr viele Freunde, hat sich engagiert, hat sich wohl gefühlt. Das muss er alles verlassen. Er gibt so vieles für mich auf. Für mich?

Andererseits wusste er, dass es mir zurzeit nicht gut geht. Er spürte es seit Längerem, auch wenn ich ihm das mit Carl immer noch nicht erzählt habe und es vielleicht auch niemals werde.

Doch ich hatte Paul erzählt, wie sehr ich ihn vermisste, wie traurig es mich machte, dass er nicht zur Premiere kommen konnte. Trotzdem schien es ihn nicht sonderlich zu interessieren.

Vielleicht verlange ich zu viel von ihm, vielleicht geht ihm seine eigene Situation wirklich mehr zu Herzen, als er das mir gegenüber äußert. Vielleicht erzählt er Levent diese Dinge, die mich betreffen, so wie ich Fabian in meine Beziehungsgeheimnisse einweihe.

Mir erzählt Paul ja immer, dass er sich sehr auf Berlin freut, dass er ja auch mal woanders leben müsse und nach dem Studium ja wieder zurückziehen könne, oder irgendwann mal später.

Aber vielleicht hat er auch Angst, dass sich, wenn er nach Berlin zieht, etwas zwischen uns verändert, dass es unserer Beziehung am Ende gar nicht gut tut. Vielleicht fürchtet er, dass es zu nah wird, zu fordernd. Oder dass er sich in Berlin doch nicht wohl fühlt.

Keiner kennt die Zukunft, nur dass wir es bald herausfinden werden, steht sicher fest. In der WG warten bereits jede Menge Umzugskartons.

***

Die Premiere! Zwei Mal habe ich mich vorher übergeben, so stark war mein Lampenfieber, vielleicht auch meine Angst, dass Carl irgendetwas im Schilde führt.

Bevor das Stück begann, lugte ich durch den Vorhang, irgendwie hatte ich ja noch immer die Hoffnung, dass Paul doch da sein könnte, obwohl es ja unmöglich sein konnte.

Dafür sah ich viele andere Menschen, auch meine Eltern, die extra angereist waren – ursprünglich hatte mich ja mein Vater auf die Idee mit dem Theaterspielen gebracht.

Fabian und Lara saßen links von ihnen, Aris und Jakob rechts von ihnen. Neben meinen Eltern saß Omama.

Mir machte es mehr Angst, mich vor ihnen zu blamieren als vor den ganzen anderen Leuten, die ich nicht kenne.

Ich musste schlucken, als ich die vielen Menschen sah, alle Plätze waren besetzt, alle erwartungsfroh – und ich war der Hauptdarsteller. Oh Mann!

Zum Glück hatte ich bereits alles ausgekotzt, was ich in mir drin hatte, sonst hätte ich es vielleicht erneut tun müssen.

Ob das bei jedem Stück nun so wäre, fragte ich mich aufgeregt?

Bei den nächsten zwei Aufführungen, würde ich feststellen, war die Aufregung jedoch nicht mehr ganz so groß.

Doch am Abend der Premiere muss ich wohl ganz bleich gewesen sein, nachdem ich in den Zuschauerraum geschaut hatte, Birte nahm mich in den Arm und sagte: »Toi, toi, toi, du wirst das fabelhaft machen!«

Und dann kam Carl, der mich auch feste drückte und total euphorisch meinte: »Jonas, ich bin so froh! Das wird etwas Großes! Ich freue mich so! Unser Abend, Jonas, unser Abend!«

Und es wurde unser Abend, ich dachte gar nicht mehr darüber nach: Ich war Othello, nicht Jonas, der Othello spielt, und Carl war Jago, nicht Carl, der Jago spielt.

Othello hasst Jago. Und ich zeigte es ihm auf der Bühne. Und es war geil!

Es war noch besser als bei der Generalprobe: Das Publikum bemerkte ich nicht mehr, die Bühne war auch kein Theater mehr, es war der Ort, an dem ich Othello war und um meine Liebe, um mein Leben kämpfte.

Es war wie ein Traum, in dem man sich selbst spürt, nein, besser als ein Traum, eine lebendig gewordene Fantasie, aus der ich erst erwachte, als ich mich vor dem Publikum verbeugte, oder vielmehr in dem Moment, in dem ich von Birte auf die Bühne geschoben wurde, um mich zu verbeugen.

Den Applaus hörte ich vermutlich doppelt oder dreimal so laut als er wirklich war. Es kam mir so vor, als ob ich nur noch diesen hörte, wie das Branden von Meereswellen, was meinen Rausch noch weiter beförderte. Es war einfach nur genial!

Das Publikum stand auf und klatschte immer weiter, das gesamte Ensemble trat mehrmals vor, verbeugte sich, wir schwebten alle, so wirkte das. Alle lagen sich hinter der Bühne in den Armen, skandierten: »Oh, wie geil, wie geil, wie geil!«

Alle strahlten wie kleine Kinder beim Geburtstag, dieser Moment hätte nie zu Ende gehen sollen, obwohl ich natürlich Paul zu vermissen begann, als die Stimmung etwas verebbte.

Wir mussten uns schnell umziehen, denn Carlottas Eltern hatten das ganze Ensemble plus Familie in ihre Villa in der Berliner Peripherie eingeladen. Im Garten, der fast ein Park ist, waren Bierbänke und Tische aufgestellt und ein asiatisches Büffet aufgebaut worden. Es gab sogar zwei Bartender, die nicht nur Sekt und Bier unter das Partyvolk brachten, sondern auch leckere Cocktails mixten.

Es war eine laue Sommernacht und nach ein paar Schlucken Alkohol kam wieder das Hochgefühl von zuvor zurück. Ich hatte versucht Fabi und Lara einzuschmuggeln, doch Lara wollte nicht mit, sie kam sich nicht zugehörig vor, während mein bester Freund schon fast mit meinen Leuten aus dem Theater befreundet war. Carlotta fand ihn wohl ganz scharf und hatte auf ihn, trotz Freundin, ein Auge geworfen.

Carl wiederum hatte es geschafft, gemeinsam mit seinen Eltern an unserem Tisch zu sitzen.

Meine Mutter war ganz begeistert von ihm, mein Vater von dessen Eltern.

Carl schaffte es, jeden um den Finger zu wickeln, und meine Mutter verstand nicht, wieso ich neben ihr schmollte, so ein netter Typ.

»Ein Hipster, nicht wahr, so nennt man das doch heute?«, fragte sie und irgendwann flüsterte sie mir kichernd zu: »Der sieht doch wie dieser Olly Murs aus, nur besser!«

Und ich fragte mich, woher sie das wusste, doch da erklärte sie schon augenzwinkernd: »Ich bin doch bei Putpat angemeldet, das weißt du doch. Wie sollte ich sonst an neue Musik kommen?«

Sie ist schon irgendwie cool, meine Mama, doch das mit Carl machte mir Sorgen.

Er schleimte sich bei meiner Mutter ein, auch bei meinem Vater, der allerdings bei jungen, hübschen Männern eher uninteressiert bleibt, selbst wenn sie sehr gute Manieren haben und aus bestem Hause stammen.

Meine Mutter fragte mich, ob Paul den Carl kenne, die würden sich doch sicher gut verstehen, und ich verdrehte die Augen und dachte: Wenn die wüsste!

Doch sie wusste nicht, was zwischen mir und Carl vorgefallen war – und ich würde es ihr garantiert nicht heute Nacht sagen. Würde ich es irgendwann?

Ich schaute mich um und erst jetzt stellte ich fest, dass Carlottas Eltern sogar einen DJ engagiert hatten. Die hatten sich so richtig ins Zeug gelegt! Ich hatte nicht gewusst, dass sie so drauf sind. Carlotta hatte zumindest noch nie ihren Reichtum heraushängen lassen.

Sie wurde von ihren Eltern gedrängt, mal an jeden Tisch zu gehen und zu erwähnen, dass man auch tanzen könnte. Zuvor sagte sie höfliche Sprüche wie: »Freut uns sehr, dass Sie da sind, ich hoffe, Sie amüsieren sich gut.« Ihr war das wohl etwas peinlich, ich zwinkerte ihr zu, und sie begann zu lachen. Als sie weg war, stupste mich mein Vater an:

»Ach, ist doch noch Hoffnung!«

Meine Mutter polterte los: »Jetzt fang nicht mit dem Scheiß an!«

Die Eltern von Carl schauten verwirrt herüber, Carl zwinkerte mir unauffällig zu. Er hielt sich natürlich den ganzen Abend mit Anmachen zurück.

Später jedoch forderte er mich auf, Carlotta zu suchen und gemeinsam zu tanzen. Die Väter lächelten, die Mütter zogen beide eine Schnute.

Als wir da zu dritt zu cooler House-Musik tanzten, kam er mir irgendwann näher und hauchte mir ins Ohr: »Bei deiner Familie komme ich genauso gut an wie bei dir!«

Ich schubste ihn weg, so stark, dass er nach hinten flog und gegen einen rumhüpfenden Vater prallte.

Carl machte ein überraschtes Gesicht. Genauso wie meine Mutter, als ich mich wieder neben sie setzte.

»Was war das denn?«, fragte sie irritiert, während mich Carls Eltern pikiert anschauten.

»Er ist Jago und ich bin Othello. Und wir spielen unsere Rollen nicht, sondern wir sind unsere Rollen!«, scherzte ich zur Ablenkung einigermaßen souverän.

Die Eltern stiegen auch voll darauf ein und fingen gleich wieder an, über das geniale Theaterstück und die beeindruckenden Leistungen ihrer beiden Sprösslinge zu reden.

Ich dagegen bahnte mir über die Tanzfläche den Weg ins Haus, ich musste mal, und wollte auch mal kurz meine Ruhe haben.

Während ich die Toilette benutzte, schaute ich mir Carlottas Traumbad an, eine Riesenwanne mit Düsen, dazu eine dieser coolen Regen-Duschen, die man ebenerdig begehen kann, und in einer Ecke zu allem Überfluss noch eine Sauna!

Als ich fertig war, öffnete ich die Badezimmertür und wollte gerade raus, als ich sogleich ins Bad zurückgeschubst wurde.

Ich konnte mein Gleichgewicht nicht halten und prallte gegen das Waschbecken.

»Tja, jetzt war ich dran mit Schubsen, mein Freund!«, sagte Carl aggressiv und schloss die Türe hinter sich ab.

Was hat er vor, fragte ich mich erschrocken, während ich meine schmerzende Hüfte rieb.

»Lass uns reden!« Seine Stimme wirkte nun noch bedrohlicher.

Ich schluckte.

Er bemerkte meine Angst, schaltete einen Ton herunter, sagte weicher: »Wieso gestehst du dir deine Gefühle nicht ein, Jonas?«

Verdammt! Was sollte das? Ich betrachtete Carl. Er hatte wohl noch mehr Zeit im Fitnessstudio verbracht die letzte Zeit, sein Bizeps schwoll an, während er mit verschränkten Armen vor mir stand, seine Brustmuskeln zeichneten sich unter seinem T-Shirt ab, seine Beine waren sehnig und braungebrannt, seine Haare waren von der Sonne noch goldfarbener als sonst. Doch die Zeiten, in denen ich ihn attraktiv gefunden hatte, waren definitiv vorbei!

»Carl, das hat doch keinen Sinn, was du hier machst«, rief ich: »Ich habe einen Freund, wie oft soll ich das noch sagen? Carl!«»Wenn du also nicht mit deinem Freund zusammen wärst, würdest du mit mir zusammen kommen?« Er wirkte ein bisschen wie ein Fuchs, der Lunte gerochen hatte.

»Ich habe aber einen Freund. Paul! Und ich habe vor, noch lange mit ihm zusammen zu bleiben!«, sagte ich mit fester Stimme.

Carl dachte nach, wippte dabei von einem Fuß auf den anderen.

Was soll das alles? So kommen wir doch nicht weiter, dachte ich erst, und dann: Dieser Typ ist doch unberechenbar.

»Ich möchte nur, dass du mir die drei berühmten Worte sagst«, säuselte er nun. Er kam mir näher: »Ich bitte dich. Sag es wenigstens ein Mal, nur diese drei Worte«, wiederholte er.

»Hab dich gern«, erwiderte ich mit aller Kraft, er war nun ganz nah bei mir, berührte mich. Sollte ich ihn wegschlagen? Er nahm meine Hand, sagte weinerlich:

»Ich liebe dich, Jonas, ich liebe dich so, wie es noch niemand getan hat und auch nie wieder tun wird. Sag mir nur, dass du mich auch liebst. Dann lasse ich dich in Ruhe. Bitte!« Er flehte mich an: »Bitte, bitte, bitte!«

Nun flossen Tränen. War er geistesgestört? Ich wusste nicht, was ich tun sollte: Ihn in den Arm nehmen? Verprügeln? Ihm etwas Liebes sagen? Ihn zur Sau machen, weil er mir so viel Angst machte? Ich wählte die vielleicht dümmste Variante: Ich heulte mit. Aber was sollte ich tun? Ich war so aufgeregt, so überfordert mit der Situation. Ich hatte keine Ahnung, wie ich reagieren sollte. Ich wollte nur, dass das alles aufhörte.

»Carl, bitte lass mich in Ruhe«, sagte ich schließlich: »Ich mag dich, ja, trotz allem. Aber lass mich jetzt echt in Ruhe. Ich habe einen Freund, den ich liebe. Und ich kann dich nicht genauso lieben wie ihn. Okay. Es tut mir leid, wahnsinnig leid sogar, aber es ist so. Bitte hab endlich Respekt davor und mach es uns beiden nicht noch schwerer!«

Er hörte plötzlich auf zu weinen, mit seiner Jago-Stimme sagte er nun: »Das war alles, was ich mir vom Leben wünschte. Dich zu lieben und von dir geliebt zu werden. Doch es bleibt mir verwehrt.«

Ich schaute ihn verdutzt an, während er abrupt aufstand.

»Ich weiß nicht, wie mein Leben weitergehen soll. Alles ist nicht mehr wichtig …« Er ging und schaute nicht mehr zurück.

Ich blieb zunächst sitzen, verwirrt, und als ich zum Tisch im Garten zurückkam, waren Carl und seine Eltern bereits gegangen.

Natürlich grübelte ich noch die ganze Nacht, wie es nun weitergehen würde, was wohl als nächstes geschehen würde, doch bei den nächsten beiden Aufführungen hat Carl kein Wort mehr mit mir gewechselt.

Auf der Bühne funktionierten wir immer noch tadellos, nach den Verbeugungen vor dem Publikum lagen wir uns auch gemeinsam mit den anderen in den Armen, aber es gab nichts Persönliches mehr zwischen uns.

Und danach herrschte absolute Funkstille. Keine Kontaktversuche via Telefon und er kreuzte auch nicht mehr vor meinem Haus auf. Carl hatte es wohl endlich geschnallt.

***

Paul hat ein wunderbares Abi hingelegt, am Ende steht eine Eins vor dem Komma und eine Vier dahinter.

Seine Eltern waren so stolz auf ihn, dass sie ihm ein Auto zur Belohnung kaufen wollten, was er dieses Mal ebenso ablehnte, wie schon an seinem achtzehnten Geburtstag.

»Was soll ich mit einem Auto in Berlin?«, fragte er sie bloß.

Sie schossen Hunderte von Bildern von ihm und seinen Mitschülern, die alle so schön und glücklich aussahen.

Wir haben sie uns gestern Abend zusammen angesehen, wobei ich mich in Paul, der einen dunklen Anzug mit weißem Hemd und Krawatte trug, regelrecht neu verliebt habe.

Die halbe Nacht dann hat mir Paul von seinen Prüfungen erzählt, wie aufgeregt er davor gewesen war, und ich konnte das sehr gut nachvollziehen. Er berichtete mir von all seinen Antworten in den mündlichen Prüfungen, erzählte, dass er bei der Schriftlichen in Mathe der einzige mit 15 Punkten gewesen war, was mich sprachlos machte.

Kurz vorm Einschlafen haben wir uns geschworen, nie wieder so weit entfernt voneinander zu sein, wenn solch wichtigen Dinge passieren.

Nach dem Aufwachen und langem leidenschaftlichen Sex erzählt Paul mir nun die ganze aufregende Geschichte rund um das Theaterstück, das er im LesBiSchwulen Jugendzentrum aufgeführt hat.

Fast alle Münchener Zeitungen haben darüber berichtet, große Artikel gebracht, Paul wurde sogar interviewt!

Es gab allerdings nicht nur positives Feedback, viele konservative Stimmen waren gegen die Aufführung und sprachen davon, dass es ja nicht angehe, dass neuerdings jedes schwulen Dingsda zum hohen Kulturgut erklärt würde.

Und auf einmal kommen Paul die Tränen. Er sage, dass das Theaterstück und die Workshops tatsächlich das Schönste während seines Engagements für das Jugendzentrum gewesen seien. Mit keiner anderen Aktion hätte er so viel Spaß gehabt und so viel bewegt.

Er macht sich Sorgen, ob es nach ihm noch solche Aktionen geben wird, jetzt, wo der Umzug nach Berlin vor der Tür steht, und ich fragte mich, ob ich ein schlechter Mensch bin, weil ich mich so darauf freue, Paul in Zukunft bei mir zu haben, dass ich schon ganz vergessen habe, dass er dafür hier in München einiges aufgeben muss.

***

Ein Leben in Kartons einladen ... So kommt uns das vor, als wir Pauls Sachen verstauen. Eine Nacht werden wir noch in München verbringen, morgen geht es dann los!

Wir schauen uns den Klamottenberg an, den wir noch verpacken müssen, und beschließen, dass wir erst einmal eine Pause brauchen.

Wir gehen in einen Biergarten, zum ersten Mal, seitdem wir zusammen sind. Wirklich unglaublich, dass wir in der ganzen Zeit noch nie in einem waren.

Paul meint, dass seine Eltern den Taxisgarten mögen. Also fahren wir dorthin und ich mag es da.

Wir holen uns ganz traditionell gegrillte »Hendl«, und dazu selbstverständlich Bier.

Es ist meine erste Maß Bier, und ich bin leicht überfordert damit. Alleine dieses Glas zu tragen. Immerhin ein Liter Bier, oh Mann!

Ich schaue mich um, es sind so viele verschiedene Menschen, aber keine Touristen, so zumindest auf den ersten Blick.

Paul erklärt mir, dass der Biergarten eher ein Geheimtipp für die Einheimischen ist. Ein paar Familien mit Kindern sind noch da, es ist viel Trubel.

Nach der zweiten Maß bin ich schon richtig gut drauf, Paul streichelt zärtlich meine Hand und niemand hier schaut deswegen doof oder regt sich darüber auf.

Dieser Moment ist einfach wundervoll, aber wir müssen vernünftig sein. Wir haben noch so viele Kartons zu packen …

Heute … etwas geschockt

Scheiße! Ob es schlimm ist, was Paul gerade passiert ist? Und was ist überhaupt passiert? Ich kann kaum etwas erkennen, als er auf die Trage gelegt und in den Krankenwagen verfrachtet wird. Der halbe Mehringdamm schaut dabei zu, doch alles, was ich sehe, ist einfach nur Rot. Blut überall.

Ich renne zum Krankenwagen, frage, ob ich mitfahren darf. Nein, lautet die strenge Antwort, nur Angehörige!

Ich behaupte, der Bruder zu sein – und höre nur ein spöttisches: »Ist klar!«

»Hey!«, schreie ich, während sie die Tür zuschlagen, »ich bin sein Freund, ich darf mir doch wohl Sorgen machen!« Ich schreie weiter, während sie davonbrausen.

»Ihr Arschlöcher!«, brülle ich dem Krankenwagen nach, während ich ihm nachrenne.

Immerhin waren die Sanitäter so gnädig gewesen, mir zu sagen, dass sie Paul ins Krankenhaus am Urban bringen, also laufe ich einfach weiter in diese Richtung, auch als der Krankenwagen längst aus meinem Blickfeld verschwunden ist.

Während des ganzen Weges zermartere ich mir das Hirn, frage mich verzweifelt, was nur passiert ist. Und auf einmal geht mir auf, dass Carl nicht mehr bei Paul war, obwohl ich sie zusammen aus dem SchwuZ hatte rausgehen sehen. Und ich begreife, dass es Carl gewesen sein muss, der Paul so verletzt hat.

Doch wie und warum, frage ich mich und denke, dass es meine Schuld ist. Es wird meine Schuld sein, wenn Paul am Ende stirbt.

Ich wollte das alles nicht, ich wollte das alles nicht, ich wollte das alles wirklich nicht, hämmert es in meinem Kopf.

Carl, denke ich, was hat er nur getan. Und warum? Und warum Paul? Warum nicht mir?

Carl, was hast du nur gemacht? Was hast du dir nur dabei gedacht? Warum hast du Paul etwas angetan? Glaubst du etwa …? Scheiße, nein! Das kannst du nicht glauben! Das kann ich nicht glauben!

Völlig fertig komme ich am Krankenhaus an. Ich frage nach Paul, doch man würgt mich gleich ab: Es sei keine Besuchszeit und Auskunft dürfe man nur Angehörigen geben. Ich solle nach Hause gehen.

Ich raste aus, brülle rum, dass ich verdammt noch mal wissen will, was mit meinem Freund los ist, wissen will, ob er überhaupt noch lebt!

Endlich kommt ein Krankenpfleger und nimmt mich zur Seite.

»Wie geht es Paul? Kann ich zu ihm?«, bestürme ich ihn.

»Nur die Ruhe«, sagt er, »es ist nur eine leichte Stichverletzung. Das heilt wieder.«

»Kann ich zu ihm?«, bettle ich fast.

Der Pfleger drückt mir beruhigend den Arm, sagt dann sanft: »Nein, er braucht jetzt Ruhe. Komm morgen wieder, dann kannst du ihn sehen.«

Ich lasse mich schließlich überreden und nur noch leicht widerwillig aus dem Krankenhaus schieben.

Es ist fast Mitternacht, ich laufe Richtung Schöneberg, frage mich, ob Pauls Eltern schon informiert sind, und dann kann ich nicht anders: Ich fange an zu schluchzen.

In meiner Verzweiflung rufe ich Fabian an, doch er geht nicht dran, wahrscheinlich ist er gerade bei Lara.

Meine Mama. Sie rufe ich an. Sie versteht zunächst kein Wort, versucht mich zu beruhigen, versucht herauszufinden, was wirklich passiert ist.

Ob sie sich ins Auto setzen solle, fragt sie mich, doch ich sage nein, sie soll mich nur bis zur Wohnung am Telefon begleiten. Ich halte dieses Alleinsein mit mir nicht aus, all die Gedanken, die in meinem Kopf kreisen.

Meine Mutter kann nicht fassen, dass Carl Paul wirklich niedergestochen haben soll.

»Bei der Gartenparty war er doch so nett«, sagt sie, stockt, brüllt dann fast: »Oh mein Gott! Jonas! Wo ist er jetzt?«

Oh mein Gott, erst jetzt begreife ich das Carl immer noch irgendwo hier draußen ist. Panisch drehe ich mich um, kein Mensch zu sehen.

Wartet er etwa vor meinem Haus auf mich, bin ich der nächste? Vor Angst kann ich kaum noch denken, nichts mehr sagen, ich schluchze nur noch.

»Jonas!«, ruft meine Mutter: »Wo genau bist du?«

Unter Tränen schaffe ich es, ihr den Straßennamen zu nennen, höre dann, wie sie ihn wiederholt, sie scheint mit ihrem Handy ein zweites Telefonat zu führen.

»Bleib genau da, wo du jetzt bist«, sagt sie dann. »Ich habe den Notruf gewählt. Es kommt gleich ein Streifenwagen. Die Polizei wird dich nach Hause bringen, Jonas. Hab keine Angst!«

Doch ich habe Angst. Um Paul, um mich, selbst um Carl irgendwie, auch wenn das bescheuert ist. Wie konnte das alles nur so weit kommen?

***

Ich hasse Krankenhäuser, diese blassen Farben überall, hellblau und hellgrün, die weißen Betten und Bettdecken.

Ich stehe vor der Zimmertür: Einerseits will ich endlich Paul sehen, will hören, dass es ihm wieder gut geht, andererseits möchte ich am liebsten gleich wieder abhauen, einfach weg hier, nicht diese Last vor mir sehen, endlich die Wahrheit zu sagen.

Denn, das ist mir letzte Nacht klar geworden, ich muss Paul nun die Wahrheit sagen, muss ihm gestehen, dass ich nicht unschuldig daran bin, dass das alles passiert ist, weil ich Carl nicht gleich in seine Schranken gewiesen hatte, weil ich damals geil auf diesen verdammten Olly-Murs-Verschnitt gewesen war, weil mir die Aufmerksamkeit geschmeichelt hatte.

Er wird sich sicher von mir trennen, denke ich, mein wunderbarer Paul wird Schluss mit mir machen. Und ich bin selbst schuld daran!

Allein bei dem Gedanken schießen mir die Tränen in die Augen, doch ich schlucke sie runter, herrsche mich selbst an: »Reiß dich zusammen!«

Unsicher öffne ich schließlich die Tür, zum Glück hat Paul ein Einzelzimmer.

Langsam gehe ich auf sein Bett zu, er sieht schrecklich aus, ganz bleich, einen Verband am Kopf, blutige Schrammen im Gesicht, eine Infusionsflasche neben ihm. Bei diesem Anblick fange ich doch an zu weinen: Das hat er alles mir zu verdanken!

Auch Paul weint und sagt schluchzend: »Es tut mir so leid!«

»Wieso tut es dir leid?«, frage ich verdutzt. »Es tut mir leid!«

Er schaut mich verwirrt an. Und ich würde gerne wissen, seit wann sich das Opfer entschuldigen muss.

Seine Stimme klingt krächzend, als er meint, dass er das alles nicht gewollt habe: »Ich habe das alles selbst zu verantworten!«

Das kann ich jetzt nicht verstehen. Was meint er nur? Mir ist mulmig, aber ich bin auch überrascht, weiß nicht, worauf er hinaus will.

»Paul«, sage ich schließlich: »Ich bin so froh, dass nichts Schlimmeres passiert ist. Es sah so schrecklich aus, als du da lagst, das ganze Blut, ich dachte erst …« Ich kann den Gedanken nicht aussprechen.

Paul erklärt mir, dass zwar viel Blut geflossen sei, aber das Taschenmesser von Carl nicht viel Schaden angerichtet hat. Er wollte es wahrscheinlich auch gar nicht benutzen, nur damit drohen.

»Und die Kopfverletzung?«, will ich nun wissen, »die Schrammen?«

Paul erklärt, dass er sich die nur zugezogen hat, weil er sehr unglücklich gefallen ist. Doch er habe keine Gehirnerschütterung, es sähe alles schlimmer aus, als es ist.

»Warum hat er das nur getan?«, frage ich verzweifelt. »Wie kann einer nur so durchdrehen?«

»Ich muss dir etwas gestehen«, antwortet Paul, Also Carl … Carl und ich …«

Oh mein Gott! Was kommt denn jetzt? Was will er mir sagen? Vor allem, ich müsste doch derjenige sein, der ihm was erzählt!

»Paul, ich muss dir was sagen«, will ich ansetzen, doch er stoppt mich sofort: »Nein, lass mich erst erklären! Also Carl und ich …« Wieder stockt er.

»Jetzt sprich doch, Paul! Sprich! Was willst du mir sagen?« Ich habe eine schreckliche Ahnung. Und will gar nicht mehr hören, was er zu sagen hat, will nicht, dass Paul meine Ahnungen bestätigt. Stattdessen bricht nun die ganze Sache aus mir raus.

Ohne Pause, ohne Punkt und Komma erzähle ich ihm nun meine Carl-Geschichte von Anfang bis Ende. Lasse nichts aus, beschönige nichts, gebe zu, dass mir das Flirten am Anfang gefallen hat, ich Carl dann aber gesagt habe, dass ich nur ihn – Paul – liebe.

Paul hört einfach nur zu. Ich weiß nicht, was er denkt, er sagt lange nichts, auch nicht, als ich fertig bin. Es ist ein Schweigen, das kaum auszuhalten ist.

»Carl stand plötzlich im Jugendzentrum, bei unserer Generalprobe. Wir hatten vergessen, die Tür zuzuschließen«, fängt Paul schließlich zu erzählen an. »Die Jungs schauten ihn alle gierig an, noch bevor er ein Wort der Entschuldigung gesagt hatte. Er hätte zufällig von *Romeo und Julio suchen ihr Ich* gehört, könnte aber nicht zur Aufführung kommen, hat er damals behauptet. Er würde selbst Theaterspielen und wüsste, dass das eigentlich nicht okay sei und so, aber ob es uns störe, wenn er uns zuschaue.«

Paul macht eine Pause, dann lächelt er traurig: »Natürlich hatten die Jungs nichts dagegen, dass er bleibt, und danach gingen wir alle zusammen noch etwas trinken und Carl war natürlich dabei. Er hat natürlich nicht erzählt, dass er aus Berlin kommt, oder dass er dich kennt. Er erfand irgendwelche Geschichten. Ich habe auch nicht so drauf geachtet, weil ich dachte, dass ich den Typen sowieso nie wiedersehe …«

Paul macht eine weitere Pause, wie um Kraft zu tanken für das Kommende.

»Jetzt erzähl doch weiter!«, dränge ich ihn, auch wenn ich ahne, dass es mir weh tun wird.

»Als ich ein paar Tage später an der Isar saß, meine ganzen Lernsachen neben mir, hörte ich plötzlich meinen Namen. Es war Carl. Er fragte mich, ob er sich zu mir setzen dürfe.«

Schon wieder stockt Paul, dann schluchzt er auf: »Es tut mir so leid!« Er beichtet, dass sie an jenem Tag zusammen in Pauls Zimmer gelandet seien.

»Aber es war nicht mehr als etwas Knutschen«, erklärt er erst, fügt dann zerknirscht hinzu: »Und wir haben gewichst.«

Ich sollte geschockt sein, doch ich will nur wissen, was als Nächstes passiert ist. Wie hat das alles geendet? Und warum?

»Ich hatte danach ein megaschlechtes Gewissen!«, sagt Paul, und dass er Carl danach gleich erklärt habe, dass er ihn nicht wiedersehen will und so etwas nie wieder vorkommen würde.

Doch Carl wollte das nicht akzeptieren, immer wieder hat er Paul gesmst und ihn angerufen.

»Und dann ist er im Melitta Sundström aufgekreuzt. Er war ganz wirr, sagte, er wisse nicht, was er machen solle. Er wolle mit mir reden, am liebsten woanders, wo es ruhiger ist. Ich sagte ihm, dass das nicht möglich wäre. Darauf meinte er: Klar geht das nicht, weil ich sicher mit dir verabredet sei.«

Paul schluckt, bevor er fortfährt: »Das war ein Schock! Und ich hab nur gerufen: Du kennst Jonas!«

Carl hatte daraufhin erklärt, dass er mich vom Theaterspielen kennt. Und ihn erpresst: Entweder Paul würde mit ihm im SchwuZ was trinken, oder er würde sagen, was in München zwischen ihnen passiert ist.

»Deswegen wollte ich nicht, dass du gleich mitkommst«, erklärt Paul nun: »Carl sagte, dass er mit anderen Leuten dort verabredet sei, dass er dann mit ihnen abziehen werde. Er wolle nur noch einmal mit mir reden. Und ich hatte doch solche Angst, dass er dir alles erzählt, dass du dann sofort Schluss mit mir machst.«

»Aber wieso seid ihr später raus aus dem SchwuZ? Und warum hat er dich mit dem Messer verletzt?«, will ich wissen.

»Das Gespräch ist nicht gerade gut gelaufen«, meint Paul: »Carl wollte mich weiter unter Druck setzen, wollte, dass wir uns wieder treffen, drohte, dir sonst alles zu sagen.«

»Und dann?«

»Ich habe ihm gesagt, dass ich ihn nicht wiedersehen will. Nie wieder. Und dass ich mich nicht länger erpressen lassen würde, dass ich dir selbst alles beichten werde.«

Hätten wir beide doch nur früher geredet, mache ich mir Vorwürfe.

»Ich bin dann auf Toilette gegangen«, berichtet Paul weiter: »Ich stand gerade am Waschbecken, da flog plötzlich die Türe auf, leider war ich alleine dort. Carl zückte sein Messer, zwang mich mit ihm rauszugehen.«

Paul hatte versucht, als sie draußen waren, ihn zu überzeugen, dass er so nicht weiter komme, und auf einmal war Carl völlig durchgedreht und hatte zugestochen. Im Fallen hatte er noch gesehen, wie Carl wegrannte, an mehr erinnert sich Paul nicht.

Nach unseren Beichten schweigen wir lange, halten uns dabei an den Händen. Sprachlos.

Es ist kaum etwas passiert zwischen Carl und ihm, es ist kaum etwas passiert zwischen Carl und mir, könnte man sagen.

Doch es ist nicht Nichts passiert. Es waren auch nicht nur ein paar Küsse oder nur einmal Wichsen. Es ist viel mehr passiert, denn in jedem Fall muss es doch etwas bedeutet haben. Sonst hätten wir es uns doch erzählen können.

Offensichtlich konnten wir einander nicht vertrauen, wenn wir uns beide unsere jeweilige Geschichte mit Carl nicht erzählen konnten. Und vor allem, wie sollen wir uns je wieder vertrauen können? Was ist das für eine Beziehung, die wir da führen? Sind wir überhaupt noch zusammen? Werden wir uns trennen müssen?

Inzwischen … etwas verurteilt

Wir haben nicht mehr über Carl geredet, obwohl ich Paul an jeden Tag besucht habe, den er im Krankenhaus verbringen musste. Wir fühlen uns beide schuldig.

Die Polizei hat uns beide ausgiebig vernommen und Carl hat gestanden. Ihn erwartet nun ein Verfahren wegen gefährlicher Körperverletzung.

Seine Eltern haben natürlich sofort einen Anwalt engagiert, doch aktuell brauchen wir uns wegen Carl keine Sorgen zu machen, denn gleichzeitig haben sie ihn wegen Depressionen in eine Klinik einweisen lassen.

Es ist merkwürdig, ich weiß nicht, was ich dabei fühlen soll, selbst nach all dem komme ich mir mitschuldig vor, tut Carl mir fast leid. Ob es Paul auch so geht?

Auch das weiß ich nicht, denn da ist nur Schweigen zwischen uns. Das, was wir einst am besten konnten, ist plötzlich weg. Wir können nicht mehr reden. Sind schüchtern. Und sind selbst dran schuld.

Wir fühlen uns schuldig. Verurteilen uns selbst, vielleicht auch jeweils den anderen. Hat es einen Sinn zusammen zu bleiben? Ich weiß es nicht …

***

Paul und ich sind verabredet. An einem neutralen Ort. Wir treffen uns in Kreuzberg, im Möbel-Olfe. Früher war dort eine Möbelfabrik oder so etwas, deswegen hängen nun Möbel über den Türen und Hirschgeweihe an den Wänden. Bunt, trashig, Berlin eben.

Ob Paul hierbleiben wird? Oder geht er nach München zurück, frage ich mich, als ich den Laden betrete.

Er sitzt alleine an einem Tisch, sieht traurig aus. Als er mich sieht, schlägt er die Augen nieder.

Ich trete näher. Wie soll ich ihn begrüßen? Ich schaue ihn unsicher an.

Er erhebt sich von seinem Stuhl, langsam, fast wie ein alter Mann, man merkt, dass er noch Schmerzen hat.

Nun stehen wir da, ein halber Meter ist zwischen uns, wir versuchen in den Augen des anderen etwas zu lesen, zu erkunden, wie die Zukunft aussehen wird, ob wir überhaupt noch eine zusammen haben werden.

Eins scheint aber sicher: Dazu müssen wir uns neu erfinden als Paar. Ob wir das schaffen?

»Gestern habe ich mir *The Eternal Sunshine of a Spotless Mind* angesehen«, flüstert Paul fast, während wir uns setzen.

»Unser Lieblingsfilm«, sage ich und muss dabei an all das Schöne zwischen uns denken.

»Uns fehlen noch ganz viele Lieblingsfilme, die wir uns gemeinsam anschauen müssen«, meint Paul auf einmal und lächelt mich dabei vorsichtig an.

»Vielleicht wird es Zeit, dass wir uns einen neuen Lieblingsliebesfilm zulegen«, erwidere ich schließlich augenzwinkernd – und dann kann ich nicht anders: Ich beuge mich vor und küsse ihn.

Danke:

Ich danke allen, die mich die letzten Jahre so tatkräftig unterstützt haben:

Meiner Familie, allen voran meiner Schwester Sofia, die immer bei allen Veranstaltungen mit dabei ist, und meiner Schwester Maria, meinen Freunden, allen voran Luise, meinen Schriftstellerkolleginnen und -kollegen, allen voran Hilke-Gesa Bußmann und Jana Walther, allen meinen Leserinnen und Lesern.

Kontakt:

www.facebook.com/michasonundmay
www.facebook.com/Grossstadtgefuehle